VLYSSE

DANS L'ISLE DE CIRCE',

OV

EVRILOCHE

FOVDROYE'.

TRAGICOMEDIE;

Representée sur le Theatre des Machines du Marais.

DEDIE'E A MONSEIGNEVR

LE PRINCE DE CONTY.

A PARIS;

Chez TOVSSAINCT QVINET, au Palais, dans la petite
Salle, sous la montée de la Cour des Aydes.

M. DC. L.

Auec Priuilege du Roy.

A MONSEIGNEVR

MONSEIGNEVR

LE PRINCE

DE CONTY.

ONSEIGNEVR,

Cet Vylsse que ie presente à vostre Altesse, est bien different de celuy que le

Prince des Poëtes a fait le heros de la prudence, & la parfaite idée d'vne constance inuincible : s'il auoit conserué entre mes mains toutes les beautez de son original, il seroit asseuré de sa bonne fortune, l'estant depuis tant de siecles de son merite & de sa reputation. Ce n'est que l'image d'vn si grãd homme, que ie viens mettre à vos pieds sous la foible imitation d'vne vertu si heroique. Il dépend maintenant de Vostre Altesse, de luy faire voir le iour auec honneur, ou de le laisser pour iamais dans les ombres du theatre, pour y cacher ses deffauts par l'addresse des Acteurs & sous la magnificence du spectacle. Il n'auroit garde, MONSEIGNEVR, d'en décendre ny de quitter vn lieu qui luy est si fort auantageux, s'il pouuoit sans en sortir faire sçauoir à Vostre Altesse que plein de ressentiment pour les tesmoignages d'estime & d'amitié qu'il a receu de vous sous ses habits naturels, il n'en a pris à la Françoise que pour estre desormais de vostre Cour. Il n'y a que

Voftre Alteffe qui puiffe obliger fes pareils
à venir faire leur feiour en France ; pour les
y traiter felon leur merite ; il faut les cognoiftre comme vous faites parfaitement, &
poffeder vne generofité toute pure & toute
eminente comme la Voftre. Tout le monde fçait, MONSEIGNEVR, que cette
Royale vertu eft en vous l'ame de toutes
les autres ; qu'elle eft voftre caractere par-
ticulier, & qu'à l'exemple des Heros de
l'antiquité, qui fe font faits difcerner par
des noms empruntés, ou de quelque action
efclatante de leur vie, ou de quelque grande qualité attachée fin-gulierement à leurs
perfonnes, nos hiftoires doiuent vn iour
en parlant de Voftre Alteffe vous faire
cognoiftre à la pofterité par le titre de gene-
reux. Cette magnifique vertu a fait vn bruit
fur le barnaffe, qui commence d'en bannir
cette honteufe confternation, & cette pro-
fonde obfcurité, dans laquelle les mufes de-
meuroient depuis quelque temps enfeue-
lies. Voicy, MONSEIGNEVR, entre
celles du T'atre la premiere, à ce que ie

croy qui se presente publiquement à vous;
toutes ses compagnes ont les yeux tournez
sur Vostre Altesse pour voir l'accueil qu'elle luy fera, & regler là dessus toutes leurs es-
perances. Veritablement ce seroit vne assez
mauuaise politique à cette sçauante societé
de commettre à la moindre d'entr'elles vn
essay, que son peu de merite rend extreme-
ment dangereux : Elles deuroient sans
doute venir toutes en corps salüer Vostre
Altesse, ou du moins pour s'acquitter d'vn
deuoir, qui luy est si fort important, depu-
ter la plus apparente de la troupe. Mais,
MONSEIGNEVR, l'impatience de celle-
cy leur a osté le loisir d'en deliberer, & c'est
par vne deuotion particuliere qu'elle vient
toute seule implorer vostre protection, &
vous assurer en mesme temps que tous ses
vœux seront exaucez, si elle obtient pour
moy d'estre vn iour par vostre choix, autant que ie le suis par mon inclination,

MONSEIGNEVR, De Vostre Altesse,

Le tres humble, tr
passionné seruite
obeissant & tres
BOYER.

Extraict du Priuilege du Roy.

PAR grace & priuillege du Roy donné à Paris le 10. iour de Nouembre 1648. Signé, Par le Roy en son Conseil, Le Brun. Il est permis à Toussainct Quinet Marchand Libraire à Paris, d'imprimer ou faire imprimer, vendre & distribuer vne piece de Theatre intitulée *Vlysse dans l'isle de Circé, ou Euriloche foudroyé, par le sieur Boyer*, durant le temps & espace de cinq ans, à compter du iour qu'il sera acheué d'imprimer: Et defenses sont faites à tous Imprimeurs, Libraires & autres de contrefaire ledit Liure, ny le vendre ou exposer en vente d'autre impression que de celle qu'il a fait faire, à peine de trois mil liures d'amende, & de tous despens, dommages & interests, ainsi qu'il est plus amplement porté par lesdites Lettres, qui sont en vertu du present extrait tenuës pour bien & deuëment signifiees, à ce qu'aucun n'en pretende cause d'ignorance.

Acheué d'imprimer pour la premiere fois le premier Decembre 1649.

Les exemplaires ont esté fournis.

ACTEVRS.

VLYSSE.

EVRILOCHE, } Compagnons d'Vlyſſe.
ELPENOR.

CIRCE'.

PHAETVSE. } Sœurs de Circé.
LEVCOSIE.

PERIMEDE, enuoyé d'Itaque par Penelopé pour chercher Vlyſſe.

MELANTE,   Suiuant de Circé.

Suite d'Vlyſſé & de Circé.

ÆOLE accompagné des Vents.

Le Sommeil.

LE SOLEIL.

IVPITER accompagné des Dieux.

La Scene eſt differente, ſelon les diuers changemens des Machines.

VLYSSE

VLISSE
DANS L'ISLE
DE CIRCE'

ACTE I.
SCENE PREMIERE.

AEOLE parlant aux vents dans vne mer agitée
où paroist le debris d'vn vaisseau.

NFANS tumultueux des vapeurs de la
terre,
Qui balancez les airs d'vne immortelle
guerre ;
Qui trainant apres vous le desordre & l'horreur,
Vous combatez vous-mesme auec tant de fureur,

A

VLISSE,

Furieux tourbillons, quelle iniuſte licence
Vous ſouſtrait au deuoir de voſtre obeiſſance ?
Vliſſe aſſez ſouuent a ſenty vos efforts,
Puiſque voſtre fureur l'a ietté ſur ces bors,
Sans me monſtrer encor dans ce dernier orage
Sur ce vaiſſeau briſé l'effeſt de voſtre rage.

    Ce Grec que Penelope enuoye à ſon époux
Quel crime a-il commis ? qu'a-il fait contre vous ?
Miniſtres inſolens des fureurs de Neptune,
Eſclaues dangereux d'vne haine importune,
Qui pour vanger vn fils ſur Vliſſe & les ſiens,
Meut toute la nature en briſant vos liens;
Si ſon ordre vous force à former des tempeſtes
Allez ſur d'autres mers & contre d'autres teſtes;
Mais laiſſez pour Vliſſe & pour tous ſes vaiſſeaux
Vn chemin applani ſur l'empire des eaux.

    Toy qu'vn coup de tempeſte a pouſſé dans cette iſle
Et qui dans ce rocher cherches en vain azile,
Sors, Perimede, ſors.

SCENE II.

PERIMEDE, AEOLE.

PERIMEDE.

Que voulez-vous grand Roy ?
Dieu des vents, qui vous fait descendre iusqu'à moy.

AEOLE.

Du Heros que tu sers les vertus non communes
Interessent les Dieux dans toutes ses fortunes;
Il sçait que de long-temps ie l'ay fauorisé :
Et si ses compagnons en eussent mieux vsé,
Vlisse apres le sac de la superbe Troye,
Eut par vn prompt retour comblé les siens de ioye.
Mais les destins en ont autrement ordonné :
A de plus longs trauaux Vlisse est condamné.
Ils veulent que sa vie en merueilles feconde
Force auant ce retour, l'Enfer, la Terre & l'Onde:
Et que de mille maux ce Heros combattu
Fasse aux siecles futurs adorer sa vertu.
Reuere leurs decrets, & benis ton naufrage,
Qui seul iusques à luy t'a pû faire vn passage.

4   # VLISSE,

Circé depuis un an le retient en ces lieux
Par un charme eternel de l'oreille & des yeux.
Il viendra ce matin sur ces humides plaines,
Iouyr auec Circé du concert des Syrenes :
Le calme, que ie laiße en garde à mes Zephirs,
Les inuite encor mieux à ces nouueaux plaisirs.
Tâche de l'aborder.

PERIMEDE.

Dieux ! par quel sacrifice…

AEOLE l'interrompant.

Aeole doit ces soins à la gloire d'Vliße;
A Penelope… il vient. Acheue ton employ.
Zephir demeure icy. Vous autres suiuez moy.

Aeole s'en-
uole, & em-
meine les
vents auec
luy.

SCENE III.

VLISSE, EVRILOCHE. Suite. PERIMEDE.

VLISSE parlant à vn suiuant de Circé.

VOstre Reyne auiourd'huy se fait beaucoup atten-
dre ;
I'ay crû qu'elle seroit la premiere à s'y rendre,

Pour iouïr d'vn concert si remply de douceur,
Elle me le promit auecque tant d'ardeur,
Qu'elle a dû dés long-temps preceder ma venuë,
Mais ie me puis vanter de l'auoir preuenuë.

Va, dis-luy de ma part que le calme est si beau
Qu'on ne voit plus troubler l'égalité de l'eau,
Que par quelques Zephirs, dont les foibles haleines
Prestent vn air tranquille au doux chant des Syrenes.

SCENE IV.

VLISSE continuë.

HE' bien, cher compagnon de tant de maux souf-
ferts
Echapez aux perils courus sur tant de mers
Que ces beaux iours sont doux, qui suiuent tant d'o-
rages !
Que ce port est aimable apres tant de naufrages !
Dans cet heureux seiour tous nos malheurs passez
Par vn an de bonheur sont bien recompensez.
Nostre Grece où le luxe & la magnificence
Estallent leurs tresors auec tant d'abondance,
N'a rien de comparable aux douceurs de ces lieux.

A iij

Tout semble naistre ici pour le charme des yeux.
Ici mille beautez épuisent leurs adresses,
Pour enchanter nos soins & tromper nos tristesses,
Et leur Reyne sur tout par des charmes puissans
Seme icy mille appas pour le plaisir des sens.

EVRILOCHE.

Non, Seigneur, nostre Grece en delices fertile
N'a rien de comparable aux douceurs de cette Ile.
Vn Soleil tout entier coulé dans ce sejour,
Et tant de iours passez dans les jeux & l'amour,
Nous l'ont assez appris, Seigneur, & ie m'estonne
De vous en voir encor dédaigner la Couronne.
Repondrez-vous tousiours auec cette froideur
A Circé, qui vous l'offre auecque tant d'ardeur ?
Ne flechirez-vous point ?

VLISSE.

       Euriloche peut-estre,

Mais...

EVRIL.

Quoy ?

PERIMEDE.

N'en doutons point, i'ay rencontré mon Maistre.

VLISSE.

Que veut cet étranger?

PERIMEDE.

Perimede, Seigneur.

VLISSE.

Que vois-je? Perimede: Ah! comble de bonheur.
Qui t'ameine en des lieux si reculez d'Itaque?

PERIMEDE.

Penelope, Seigneur, Laërte & Telemaque,
Tous trois impatiens de voir encore en vous,
L'vn vn fils, l'autre vn pere, & la femme vn espoux,
M'ont fait courir cent mers; & ce n'est qu'à l'orage
Que ie doy le bonheur d'aborder ce riuage :
Ah! Seigneur, que de pleurs répandus nuict & iour,
Depuis vostre depart pressent vostre retour!
Laërte pleure vn fils, & Telemaque vn pere,
Penelope autrefois à vostre amour si chere
Ioint ses larmes aux leurs, & sa tendre amitié
Ressent ce que tous deux souffrent pour sa moitié;
Mais sa forte douleur se fera mieux cognestre
Par les traits qu'elle mesme a peints dans cette lettre.

VLISSE prenant la lettre.

Quel estrange surprise, & quel trouble soudain
De l'esprit & du cœur passent iusqu'à ma main!
Que vous allez ietter de soucis dans mon ame,
Iustes douleurs d'vn fils, d'vn pere & d'vne femme!

Il lit.

Celle qu'vn sainct amour a mise en tes liens
Penelope t'écrit trop insensible Vlisse;
Pour finir son supplice
N'écris rien, mais reuiens.

Fidelle impatience, aimable inquietude,
Reproche & chastiment de mon ingratitude,
Penelope, beau nom si cher à mes desirs,
Beaux traits, où mon amour rallume ses soupirs,
Plaintes d'vne moitié trop digne de mes larmes,
Que dans vn seul moment vous dissipez de charmes.
Mortel enchantement d'vn si doux souuenir,
Toy, par qui ma raison se laissoit preuenir,
Circé, lache assassin d'vne si belle flame
Quitte à mes premiers feux l'empire de mon ame.
　Helas! ie m'endormois dans ces lieux enchantez;
Mes yeux pleins de l'éclat de nouuelles beautez
Mettoient à tous momens en peril ma constance;
Mais ie pars, chere épouse, & fuis de leur presence.

Si le bruit de ta gloire a flatté mon amour,
Si mes soins s'endormoient à de si puissans
　　charmes,
　　Ie retourne à mes larmes,
　　Quand i'attens ton retour.

Cruel que me sert-il que ta rare valeur
Ait forcé le demon de l'inuincible Troye;

Si ie n'ay pas la ioye
De reuoir son vainqueur.

En effect, vous deuiez, apres cette victoire
Prendre part la premiere aux douceurs de ma gloire,
Voir soudain vostre époux plein d'honneur & d'amour
Satisfaire à l'espoir d'vn glorieux retour;
Et tout enflé pour vous d'vne telle conqueste
Venir mettre à vos pieds les lauriers de sa teste.

Troye est à bas, qui peut empescher ton retour?
Est-ce ta mort? non, non, ma mort l'auroit suiuie,
Puisque ie suis en vie
Tu vis; mais sans amour.

Sans doute ingrat Vlisse; & quelqu'autre beauté
Pour vanger Ilion en soüillant ta victoire
Te dérobe la gloire
De ta fidelité.

Helas! c'en estoit fait, espouse trop fidelle,
I'allois gouster l'appas d'vne flamme nouuelle,
Si vostre souuenir rappellant ma raison
N'eut defendu ma foy contre sa trahison:
Mais auec ses clartez, vn remors legitime
Retrace auec douleur l'image de mon crime,
M'en presente l'horreur, & me rend en ce iour
Ma premiere innocence, & ma premiere amour.

L'eſtat où me reduit ce ſoupçon odieux
Pouſſe dans le tombeau Telemaque & Laërte,
Viens empeſcher leur perte,
Où nous fermer les yeux.

Ah! vous ne mourrez point, ie vay par ma preſence
De voſtre deſeſpoir vaincre la violence.
Reſiſtez, Penelope, on va vous ſecourir.
Il faut quitter ces lieux, Euriloche, ou perir.

E V R I L.

Seigneur....

V L I S S E.

> *N'oppoſe point à mon impatience*
Qu'on ne peut de Circé tromper la defiance,
Qu'on nous fait obſeruer, que ces lieux ſont gardez;
Que de cent yeux veillans nos pas ſont regardez,
Que ie ſuis ſans vaiſſeaux, que ma perte eſt certaine,
Si l'amour de Circé ſe conuertit en haine.
> *I'oppoſe à tes raiſons ma prudence & ma foy,*
Qui fit tant pour les Grecs, peut tout ozer pour ſoy.
Quand l'amour pourroit moins, ce grand Dieu de
> *miracles;*
Ie cognoy mon deſtin plus fort que ces obſtacles.
Qui fut touſiours vainqueur auroit-il pû dechoir
Iuſques à n'auoir pas ſa fuite en ſon pouuoir?

EVRILOCHE.

Hé bien, expoſons-nous à de noueaux naufragcs ,
Deuenons derechef l'objet de mille orages ;
Les hoſtes vagabons de ces tombeaux mouuans ,
Ou le butin de l'onde , ou le joüet des vents.
Ie ne combattray point vn deſſein ſi funeſte ;
De tous vos compagnons perdez ce qui vous reſte ;
Mais regardant l'eſtat où vous eſtes reduit ,
Meſurez voſtre eſpoir au malheur qui vous ſuit.
Voſtre deſtin , Seigneur , a bien changé de face ;
Vous tombez tous les iours de diſgrace en diſgrace ,
La perte d'Ilion comblant voſtre bonheur.
Les Dieux ſemblent quitter le parti du vainqueur ;
Ils vous ont inſpiré le deſſein impoſſible
D'vne fuite , où ie voy voſtre perte infaillible ,
Afin que par les traits d'vn amour indigné
Ils puiſſent voir perir ce qu'ils ont épargné ,
Songez....

VLISSE.

Cette pitié n'agit que pour vous-meſme ,
Ie ſçay vos intereſts , vous aimez , l'on vous ayme.
C'eſt ce zele qui fait obſtacle à mon retour ,
Mais ſeul , & ſans tarder ie ſuiuray mon amour.
Mais i'apperçoy Circé. Mes ſoupirs & mes larmes ,
Deſordre , deſeſpoirs , inuincibles allarmes ,

Ramaßez dans mon sein toute voſtre rigueur,
Et cachez à ſes yeux le tourment de mon cœur.

SCENE V.

CIRCE', VLISSE, EVRIL. ELPENOR, PHAETVSE, LEVCOSIE, Suite de Circé, Suite d'Vliſſe.

CIRCE' à Vliſſe.

IE l'aduouë auiourd'huy, vous m'auez attenduë,
Mais touſiours cette ardeur ne m'a pas preuenuë :
Ie la preuiens ſouuent, & peut-eſtre mon cœur
Peut reprocher au voſtre vn peu plus de froideur.
Mais ce viſage ſombre & couuert de triſteſſe
Dement l'air dont tantoſt vous blaſmiez ma pareſſe.

VLISSE.

Ie ſuis tel, quand ie ſuis abſent de vos appas ;
Peut-on eſtre autrement quand on ne vous voit pas ?
Cette ſerenité que troubloit voſtre abſence,
Ie la ſens reuenir auec voſtre preſence.

CIRCE'.

Ie le voy bien, Vliſſe eſt dans ſa belle humeur;
Les Syrenes s'en vont l'accroiſtre par la leur;
Car n'apprehendez point que leurs chants infidelles
Nous dreſſent maintenant des embuſches mortelles;
I'ay fait que leur concert n'a rien de dangereux,
Tout leur but eſt de plaire aux Tritons amoureux,
Donc pour en mieux gouſter les douceurs nompareilles
Sans en craindre l'appas deuenez tout oreilles.

VLISSE.

Madame prés de vous ie ſçay bien qu'en ces lieux
Mon oreille aura moins de plaiſir que mes yeux.

CIRCE'.

Allons.

SCENE VI.

EVRILOCHE, LEVCOSIE, PERIMEDE.

EVRILOCHE.

Ils ſont partis, approche Perimede.

LEVCOSIE reuenant sur ses pas à Euril.

Quoy vous ne suiuez pas? quel ennuy vous possede?
Qu'est-ce ?

EVRIL.

Helas! Leucosie, vn si grand changement
Dans l'estat où ie suis n'est pas sans fondement.

LEVCOSIE.

Ah! parlez.

EVRILOCHE.

Puis qu'il faut que ie vous éclaircisse,
Vlisse veut partir, & ie doy suiure Vlisse.

LEVCOSIE.

Dieux que me dites-vous?

EVRIL.

Ces climats enchantez,
Ces lieux, dont vos attraits augmentent les beautez,
Ces bors delicieux, ce charme de nos peines
Pour arrester Vlisse ont de trop foibles chaisnes :
Il vous quitte, mais lors qu'il rompt tous ses liens,
Ie déchire mon cœur voulant briser les miens :
Et forcé d'obeïr, sans que mon amour cede,

Ie pars le trait au cœur, & ie fuis du remede.
Par ce funeste estat iugez, de mon tourment.

LEVCOSIE.

Mais d'où vient dans Vlisse vn si prompt change-
ment ?

EVRILOCHE.

Ce Grec en luy donnant vn escrit de sa femme
Luy rend tous les transports de sa mourante flame,
& dérobe à Circé ces soupirs glorieux
Dont son cœur honoroit le pouuoir de ses yeux.

LEVCOSIE.

Pers-je aussi le pouuoir que i'auois sur le vostre ?
Partez-vous pour me fuïr, ou pour en suiure vne
autre ?

EVRIL.

Moy, vous fuïr !

LEVCOSIE.

Mais enfin vous quittez ce sejour.

EVRIL.

Mon deuoir malgré moy l'emporte sur l'amour.

LEVCOSIE.

Quiconque pour autruy choque vne amour extréme,

Ne sçait pas bien aimer, ou ne sçait pas qu'on l'aime.

EVRILOCHE.

Cognoißez, donc le cœur qui consent ce depart,
Princeße mon deuoir y prend si peu de part
Que dans le triste estat où mon ame est reduite
Mon deuoir n'est ici qu'vn pretexte à ma fuite.
Ie pars, non pour Vlisse, & ne quitte ces lieux
Que pour fuir vn objet trop fatal à mes yeux,
Qui rit de mes soupirs, & braue ma constance;
Ie fuis auec honneur par mon obeißance,
Et mon orgueil laßé d'vne iniuste froideur
Impute à mon deuoir l'effort de sa rigueur.

LEVCOSIE.

Le malheur d'Euriloche est moindre qu'il ne pense.

EVRIL.

Ie le sens toutefois plus grand que ma constance.

LEVCOSIE.

I'en dirois dauantage, & vous vous plaindriez
   moins,
Mais vn semblable adueu ne veut pas de témoins.
Si ce n'est pas assez pour vous faire iustice
Circé prendra le soin de retenir Ulisse:
Et si contre sa force il ose resister,
Ie sçay par quels liens ie doy vous arrester:

SCENE

SCENE VII.

EVRILOCHE, PERIMEDE.

EVRILOCHE.

Cognoy mieux, Euriloche, & quitte la pensee
D'auoir lancé le trait dont mon ame est blessee.
Amy, quels sentimens conserues-tu pour moy?

PERIMEDE.

Les mesmes que i'auois en vous donnant ma foy.
Ie n'ay point entrepris ce penible voyage
Pour l'honorable employ d'vn perilleux message;
Ie me suis exposé pour vous reuoir, Seigneur,
Et vous voyez en moy mesme esprit mesme cœur;
Tousiours de vos desseins executeur fidelle,
Quels qu'ils soient, & c'est moins vn effet de mon zele,
Que du iuste raport qui se trouue entre nous,
Vous aymez à broüiller, ie l'ayme plus que vous.
Vostre grand cœur sans cesse à commander aspire,
Ne s'assouuit de rien, peut tout ce qu'il desire;
Iuge pour s'aggrandir tout moyen glorieux.
De mesme i'ay le cœur, haut, grand, ambitieux;

C

Adroit, ou pour parler en termes du vulgaire
Fourbe, meschant, enfin pour vous homme à tout faire.

EVRILOCHE.

Que ton secours m'est cher auec ces qualitez.
Il n'en falloit pas moins dans les difficultez,
Qu'opposent Elpenor, Phaëtuse & la Reyne
A mon ambition, à ma flamme, à ma hayne.

PERIMEDE.

Voila bien de l'employ. Vous aurez donc tousiours
Dedans tous les climats de nouuelles amours,
Cette beauté sans doute a captiué vostre ame.

EVRILOCHE.

Tu cognoy mal encor le sujet de ma flamme:
Cher amy d'autres yeux allument mes desirs,
Elle a mes complimens, sa sœur a mes soupirs :
Mais pour punir ma feinte, & mon amour extresme
Phaëtuse me hait, autant que sa sœur m'ayme.

PERIMEDE.

Ainsi vous vous vangez de la sœur sur la sœur.

EVRILOCHE.

Ainsi mon orgueil feint sans vaincre mon malheur.
Elpenor à mes vœux enleue Phaëtuse ;
Et de l'heur d'vn riual ma passion confuse
Refusant de paroistre aux yeux de mon vainqueur,
De honte & de dépit se cache dans mon cœur.
I'approche, Leucosie, & soupire auprez d'elle,
Ie m'efforce à l'aimer, & mon ame rebelle
Par ce nouuel amour veut rompre ses liens ;
Mais sans rompre mes fers, elle entre dans les miens.
Elle m'ayme, & mon cœur certain de sa victoire
Quand ie veux m'applaudir en dédaigne la gloire ;
Ainsi ce malheureux en vainquant à son tour
Fait peu pour son orgueil, & rien pour son amour.

PERIMEDE.

Ces disgraces deuroient vous rendre plus propice
Au dessein qu'a formé la passion d'Vlisse,
Cependant vous auez éuenté son secret.

EVRIL.

Ie l'ay dit, Perimede, & i'en ay du regret.
Qu'ay-je fait ?

PERIMEDE.

Mais, Seigneur, vne secrette fuite
Peut reparer bien-tost ce manque de conduite.

EVRIL.

Ne t'imagine pas que l'ardeur de partir
Iette dedans mon cœur ce soudain repentir,
I'ayme trop Phaëtuse, & toute autre fortune
Sans sa possession me seroit importune;
Mais (grace aux Dieux) ie puis dans sa possession
Remplir tous les desirs de mon ambition.
En dépit de sa flamme, en depit de sa hayne
Ie l'ayme d'autant plus qu'elle doit estre Reyne,
Et qu'ainsi mon espoir triomphant à son tour
Elle peut couronner ma teste & mon amour.

PERIMEDE.

Mais i'ay sceu que Circé regnoit dedans cette ile.

EVRIL.

Cet ile est moins pour elle vn trône qu'vn azile.
Par cet art merueilleux, par ces diuins effets,
(Dont elle fit sur nous d'effroyables essais,
Quand son rare pouuoir par vn fameux miracle,
Fit de nous à nous-mesme vn horrible spectacle,

Enfermant nos esprits par des charmes nouueaux
Dans le corps du plus vil de tous les animaux,)
Par ce mesme pouuoir cette Reyne outragee
D'vn infidelle époux autrefois s'est vangee,
Et par la mort du Roy le Scythe furieux
La chassant de son trône, elle vint dans ces lieux,
Où trouuant Phaëtuse en sa premiere enfance
Sans peine elle occupa la supreme puissance,
Les plus grands de l'estat imputant à bonheur
De luy voir gouuerner l'Empire de sa sœur.

Mais de depositaire elle s'erige en Reyne;
Et la soif de garder la grandeur souueraine
Luy faisant écouter cent pensers différens,
Qui sont incessamment du conseil des Tyrans,
L'oblige à reculer l'hymen de la Princesse,
Cet obstacle à mes vœux laisse encor ma maistresse,
Et me fait esperer de pouuoir quelque iour
Ruiner d'Elpenor la fortune & l'amour.

Dans ce dessein, amy, i'ay besoin de ton aide,
Va le voir de ma part, fais luy voir Perimede,
Que sans honte il ne peut souffrir Circé regner,
S'il attente il se perd, & s'il l'ose épargner
I'espere le destruire auprés de Phaëtuse,
M'offrant pour le secours que son bras luy refuse.

PERIMEDE.

Que voyons-nous, Seigneur?

C iij

EVRIL.

Circé dans ce vaißeau
Prepare à son Uliße vn plaisir fort nouueau.
Desia deßus les eaux i'apperçoy les Syrenes
Qui s'en vont soupirer leurs amoureuses peines.

PERIMEDE.

Que ie puiße iouyr d'vn si rare plaisir.

EVRIL.

Approchons, ie veux bien contenter ton desir.

SCENE VIII.

VLISSE & CIRCE' dans vn vaiſſeau auec touté
sa ſuite, écoutent le concert des Syrenes.

Chanson.

Amour qui ne te plais qu'à nous faire la guerre,
Qui puiſſant dãs les eaux autant que ſur la terre,
Viens embrazer nos cœurs au milieu de la mer,
Soulage ou fais mourir des flammes allumees,

Sommes nous faires pour aymer
Et pour n'eſtre iamais aimees.

Pour conſeruer l'honneur de tes traits inuincibles,
Frappe ces petits Dieux, ces Tritons inſenſibles,
Force-les d'adorer ce qu'ils oſent blâmer,
Et punis leur orgueil de nous auoir charmees
　　Du mal que nous ſouffrons d'aimer,
　　Et de n'eſtre iamais aymees.

SCENE IX.

PERIMEDE, EVRILOCHE.

PERIMEDE.

QVe mes ſens ſont rauis, Seigneur, que de merueilles !

EVRIL.

Circé nous en faît voir tous les iours de pareilles ;
Apres ce qu'elle a fait, ce n'eſt pas ſans raiſon
Que par elle en credit cet ile a pris ſon nom.
Auſſi Circé n'eſt pas vne femme ordinaire.

Perſe l'eut autrefois du Dieu de la lumiere,
Mais ce fut en Scythie ou Perſe mit au iour
Ce noble & digne fruict d'vne ſi belle amour.
Que ſi les autres deux ont le Soleil pour pere ,
Toutes deux en ces lieux eurent vne autre mere,
Ou Phaëtuſe aynée emporte ſur ſa ſœur
L'eſpoir d'auoir vn iour la ſupreme grandeur.

Ainſi pour ſatisfaire à mon amour extréme,
Les Dieux dedans cette ile ont mis tout ce que i'ayme.
Il eſt vray que ces Dieux jaloux de mes plaiſirs
Diuiſent en trois ſœurs l'objet de mes deſirs,
Mais dans l'vne des trois mon amour ſe prepare,
D'vnir , qu'en ſes ſœurs la fortune ſepare.
Il eſt doux de regner, il eſt doux d'eſtre aimé ;
Mais c'eſt peu ſans l'objet de qui l'on eſt charmé;
Circé regne en ces lieux , mais Phaëtuſe eſt bleßé ;
L'autre eſt ſans tous les deux , mais ie ſuis aimé d'elle;
Ainſi dans Phaëtuſe où l'on voit tant d'appas ,
Ie voudrois aßembler tout ce qu'elle n'a pas,
Le pouuoir de Circé , l'amour de Leucoſie ;
Regner ſans compagnon , aimer ſans ialouſie,
Perdre Vliße , Elpenor, ou bien les eſloigner,
L'vn nuit à mon amour; tous deux peuuent regner.
Mais malgré mes Riuaux i'obtiendray la victoire,
Que ſi cet attentat peut offenſer ma gloire,
Attentif à la voix d'vn ſi ſuperbe eſpoir,
Ie rejette, & ie ſuis celle de mon deuoir.

Fin du premier Acte.

ACTE II.
SCENE PREMIERE.

ELPENOR, PHAETVSE.

ELPENOR.

La Scene est
dans vn iar-
din.

QVAND flatté d'vn bonheur qui passe
   mon attente,
   Ie mesure au passé ma fortune presente,
Ie me trouue si haut, qu'au poinct où ie me voy,
Mon ame pour tant d'heur n'a pas assez de soy;
Il est vray toutesfois la prochaine iournee
Verra finir mes maux par vn sainct hymenee,
Ma fortune establie, & nos desseins vnis :
Vous l'auez consenty, Circé me l'a promis.
Heureux consentement ! fauorable promesse !
A quel aimable exceds de gloire & d'allegresse
Quand i'attendois le moins vn bonheur si charmant,
Auez-vous éleué ce bien-heureux amant !

D

Quel sort pourroit Princesse égaler ma fortune ?
Si d'vn succez commun la ioye estoit commune..

PHAETVSE.

Elle l'est, Elpenor, & la part que i'y prends,
M'a donné vos transports,& peut-estre plus grands..
Iugez-en par l'estat où l'amour m'a reduite,
Vous sçauez son progrez,sa naißance,sa suite,
Ses peines, quand l'hymen s'appreste à les finir,
Ma fortune redouble à m'en ressouuenir.
Deslors que ie vous vis, cette premiere veuë
D'vn aimable transport me rendit toute émuë :
A ce premier regard ie sentis dans mon cœur
Vn desordre agreable, vn trouble sans douleur;
Ie n'aymois qu'à vous voir,vous parler,vous entẽdre,
Tous les autres plaisirs n'auoient rien pour me prẽdre,
Et vous seul occupiés à toute heure, en tous lieux,
Mon cœur,mon souuenir, mon oreille,& mes yeux.
Auant que vostre amour commençast de paroistre,
Le mien de tous mes sens s'estoit rendu le Maistre,
Et i'ay souuent rougy d'auoir eu tant d'amour,
Sans que par quelque adueu le vostre eust veu le iour,
Iugez donc maintenant,combien ie suis charmee,
Aymant si doucement & me voyant aymee,
De toucher à ce iour, qui par vn doux lien
M'assurant vostre amour authorise le mien.

ELPENOR.

Moderez vos faueurs, afin que i'en iouïſſe;
Leur exceds me confond. O Ciel vrayment propice!
Ie vous benis, ô pleurs reſpandus nuit & iour!
Que le fruit que i'en cueille eſt doux à mon amour!
Que nos feux ſont charmans quand ils en forment
   d'autres!
Et mes ſouſpirs heureux en rencontrant les voſtres!
Quand deux cœurs bien vnis s'accordent en deſirs,
Ce qu'on nomme des fers ſont des nœuds de plaiſirs,
Plaiſe au Dieu de nos cœurs, à ce Dieu qui m'enflame
Que puiſque mon amour a paſſé dans voſtre ame,
Il vous faſſe ſentir par ces meſmes efforts
De pareilles douceurs & de pareils tranſports;
Et qu'alors que vos feux rendent ma ioye extréme
Vous puiſſiez en gouſter autant que ie vous ayme;
Mais las! que mon amour a ſujet de trembler,
De ce trouble qu'en vain vous taſchez de voiler,
Qu'ay-ie encor à ſouffrir? ceſſez de vous contraindre.

PHAETVSE.

Ny pour vous ny pour moy ie ne voy rien à craindre.
Ie ne ſçay quoy pourtant ſemble me preſager
L'inuincible chagrin dont ie me ſens ronger;
Il eſt ſans fondement, mais i'en ſuis plus émuë

Moins de cette douleur la cause m'est cognuë;
Ie soupire sans cesse, & sens couler des pleurs,
Ie me plains, & ne puis sçauoir pour quels malheurs;
Ne pouuant dissiper cette frayeur mortelle,
Permettez que du moins ie m'asseure contr'elle.
Circé vous le sçauez, retient dedans ces lieux
Vn sceptre que ma mere auoit de mes ayeux.

ELPENOR.

Oüy, ie le sçay, Princesse, & mon amour n'aspire
Qu'à remettre en vos mains ce Sceptre & cet Empire:
C'est vn dessein désia dans mon cœur arresté :
Non que plein de l'espoir dont vous m'auez flatté,
Au bonheur sans pareil, que vostre hymen me donne,
I'aspire d'adiouster l'éclat d'vne Couronne;
Alors que vos beaux yeux me sceurent asseruir,
Ie bornay tous mes vœux à l'heur de vous seruir;
Et ce que mon amour obtient de recompense
Passe tous mes desirs comme mon esperance :
Mais pour vostre querelle, & pour vanger vos droits,
Contre vos oppresseurs ie sçay ce que ie dois.

PHAETVSE.

Ie le voy bien, les maux que ma douleur presage,
Sont ceux où ce dessein pousse vostre courage.

ELPENOR.

Ie sçay que ce dessein est hardi, perilleux,
Ie cognois de Circé le pouuoir merueilleux ;
Mais si de son sçauoir la force m'est connuë,
Ie sçais aussi qu'Vlisse à nos yeux l'a vaincuë,
Qu'assisté d'vn secours que les Dieux a mon bras
Armé pour vous seruir ne refuseront pas ;
Vlisse contraignit cette hostesse infidelle,
De rendre à ses amis leur forme naturelle.
Ie sçay plus que contr'elle vn peuple reuolté
Malgré ce grand pouuoir si craint, si redouté,
L'a forcee à sortir de son propre heritage.
Ces exemples, Princesse, appuyent mon courage,
Et i'adiouste qu'il faut moins de force & de cœur,
Pour chasser vn Tyran, qu'vn iuste possesseur.
Le Ciel de nos projets soustiendra la iustice.

PHAETVSE.

Imputés à l'amour la victoire d'Vlisse,
Seur que si pour ranger le Scithe à son deuoir
Circé n'eût dedaigné d'vser de son pouuoir,
Toute la terre à fuïr ne l'auroit pas reduite,
Ce fut vne retraite, & non pas vne fuite ;
Lasse de commander à ce peuple sans foy
Qui l'accusoit d'auoir empoisonné son Roy ;

D'vn barbare climat, d'vne terre infertille ;
Son destin ou son choix la poußa dans cette isle ;
Puisque ou la Couronne a peu la contenter ,
Il n'est effort humain qui la luy puiße oster ;
C'est se perdre, Elpenor, que de s'armer contr'elle.

ELPENOR.

Mais c'est perir pour vous & pour vostre querelle,
Ie treuue vn tel destin si beau , si glorieux,
Que i'oserois m'armer mesme centre les Dieux.

PHAETVSE.

Et ie treuue pour moy tant de sujet de larmes
Dans vos moindres perils, dans vos moindres allar-
    mes ,
Qu'à ce prix mille estats seroient trop acheteZ.
La fille du Soleil a d'autres vaniteZ.
I'ayme , semblable au Dieu qui lance le Tonnerre,
A poßeder vn cœur plus que toute la terre :
Laißez-moy seurement iouïr de mon bonheur
Ie puis sans lacheté laißer regner ma sœur,
Et luy dois bien du moins cette reconnoißance,
Pour les soins qu'elle a pris d'éleuer mon enfance.
Outre qu'elle me traite auec tant de bonté
Que ie me puis vanter que de la Royauté ,
Nous partageons le fruict, elle a toute la peine :

Et de tout cet Estat i'attirerois la haine,
Si ie voulois traiter auec ceste rigueur,
Circé, qui l'a comblé de gloire & de bonheur.
Pour toutes ces raisons, Prince ie vous ordonne,
(S'il est vray que l'on m'aime & non pas ma Cou-
  ronne)
De quitter vn dessein qui seul peut aduancer
Les malheurs, dont le Ciel semble me menasser.
I'abandonne pour vous & Sceptre & Diademe
I'ay tout ce qne ie veux, pourueu qu'Elpenor m'aime.
Seul, il est mes Estats, mes sujets & mon Roy;
Ce conserue le Ciel & ses iours, & sa foy:
Auec luy ie tiendray, ma fortune aussi chere
Qu'auec le Dieu du iour fut celle de ma mere.
Mais c'en est trop flatté de ma facilité,
Vous pourriez bien en prendre vn peu de vanité.

ELPENOR.

Oüy i'en prends, ie l'aduouë, & vous deuez, Princesse
Souffrir dans mon bonheur cette digne foiblesse.
Quelle gloire, quel heur la peut mieux inspirer
Que celuy de vous plaire, & de vous adorer?
Ie n'examine point si c'est vers mon merite,
Si c'est vers mon amour, que le vostre s'acquitte,
Puisqu'vn si grand amour, quoy que peu merité
Donne au peu que ie vaux toute sa dignité,

Et jette ſur mes iours tant de gloire & d'eſtime
Que l'orgueil que i'en prends deuient trop legitime.

SCENE II.

EVRILOCHE, ELPENOR, PHAETVSE.

EVRILOCHE à Phaëtuſe.

Pardonnez ſi ie romps vn entretien ſi doux,
Le hazard en réuant m'a mené iuſqu'à vous.

ELPENOR.

Puiſque c'eſt le hazard qui nous eſt ſi contraire,
Vous pouuez par déſſein nous quitter & luy plaire.

EVRILOCHE à Phaëtuſe.

Ie treuue qu'il en vſe vn peu bien librement.
Vous ſuis-je....

PHAETVSE.

Il a parlé ſelon mon ſentiment.

EVRILOCHE,

EVRILOCHE.

Au moins c'est me traiter sans fard, sans complaisance.
Mais qui vous fait si fort detester ma presence
Pour traiter nos amours le temps ne manque pas.

PHAETVSE.

On vous trouue partout où s'adressent mes pas.

EVRILOCHE.

C'est bien souuent haZard, par fois ie le confesse
C'est auecque dessein; mais il est tel Princesse,
Qu'aprés l'auoir cognu, ie croy qu'assurement
Ie receurois de vous vn autre traitement.

PHAETVSE.

Vos premiers procedés le font assez comprendre,
Et i'en découure plus que ie n'en veux apprendre.

EVRILOCHE.

Ne vous allarmés point, Madame, reuenés:
Ce dessein n'est pas tel que vous l'imaginés,
Ce n'est plus vne amour qui vous fut importune,
Qui trouble vos plaisirs & sa bonne fortune:
Mes vœux sont maintenant autre part adressés;
Vous qui n'ignoreZ pas, qu'ils sont presque exaucés

E

Pardonnez, si ie dis, que c'est estre vn peu vaine
De croire encore vos yeux les autheurs de ma peine,
Et fort peu presumer de ceux de vostre sœur.

PHAETVSE.

En effet, & vous plaire est vn si grand bonheur
Que c'est orgueil de croire vne telle conqueste ;
Que ie plaindrois ma sœur, si ses yeux l'auoient faite !
Elle le croit peut-estre, & vous vous en vantez,
Mais nous arresterons le cours de ses bontez :
Leucosie apprendra qu'elle s'est abusée,
Vous captiuer n'est pas vne victoire aisée,
Bien que de ses appas l'auantage soit grand ;
Ils manquent toutesfois du charme qui vous prend ;
Elle est née vn degré trop loin de la Couronne,
On sçait vos sentimens, & cela vous estonne.

EVRILOCHE,

Ie tire vanité d'auoir ce sentiment,
Mais vous le condamnez ; c'est pourquoy vostre amant.
Laiße si volontiers entre les mains d'vne autre.
Le sceptre de ces lieux, que les Dieux ont fait vostre,
I'admire sa vertu.

ELPENOR à Phaëtuse.

Voyez à quels tourmens
M'expose la rigueur de vos commandemens.

Que puis-je repliquer à cette raillerie?
Elle est iuste; ah! souffrez, si vous aymez ma vie
Que i'ayme mon honneur, ie voy qu'il est perdu
Si par mes mains le sceptre aux vostres n'est rendu.

PHAETVSE.

Ainsi d'vn trait piquant qu'Euriloche vous lance,
Il me rend mes frayeurs destruit mon esperance.
Dieux quel est vostre amour, & quel est mon pouuoir?

ELPENOR.

Doit-il estre ennemy d'vn si iuste deuoir?

PHAETVSE.

I'ayme assez vostre honneur laissez le à ma prudence.

EVRILOCHE.

Tout l'honneur d'vn amant est dans l'obeißance,
Cependant pour tâcher de r'auoir vos estats
Acceptez le secours que vous offre mon bras.
Pour seruir ma Princeße il n'est rien que ie n'ose
Et ne permettez pas que vostre amant s'expose.

PHAETVSE.

Il scauroit s'exposer, si i'en auois besoin.

E iij

ELPENOR.

Euriloche, quitez cet inutile soin,
D'vn estrange soucy vostre esprit s'embarrasse.
Et cette raillerie est de mauuaise grace.

EVRILOCHE.

D'effet il est fascheux d'apprendre son deuoir.

ELPENOR.

Ah! ce n'est pas de vous que ie le veux sçauoir.
Et ce discours enfin commence à me deplaire;
Apprenez à parler, ou songez à vous taire.
Sans le respect...

EVRILOCHE.

Calmez ce dangereux courroux.

ELPENOR.

C'en est trop.

PHAETVSE à Elpenor.

La querelle est à moy : laissez-nous.

ELPENOR.

Souffrez...

PHAETVSE.]

Obeißez..

ELPENOR:

Dieux ! quelle violence ?

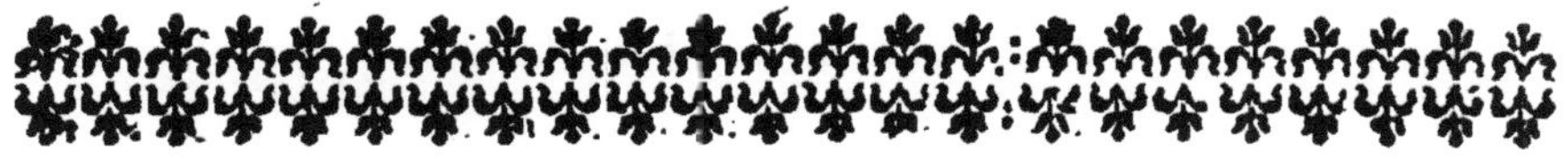

SCENE III.

EVRILOCHE, PHAETVSE..

EVRILOCHE.

I'ose vous aßurer de son obeißance.

PHAETVSE.

Sans elle par l'effort de son reßentiment
Ton manque de respect auroit son chastiment ;
Mais si i'ay retenu les traits de sa vengeance
Seule ie l'entreprens de toute ma puißance.
Tu sçauras iusqu'où va mon indignation,
Tu verras, insolent, dans ta punition
Que la plus temeraire & la plus fiere audace
Doit trembler au courroux de celles de ma race..

E iij..

SCENE IV.

EVRILOCHE seul.

QV'ay-ie fait imprudent ! où me suis-je emporté ?
Est-ce là ce deßein que i'auois concerté ?
Mais Quel Amant euſt pû ſupporter cette veuë ?
Mon Riual occupoit la place qui m'eſt deuë :
Pouuois-ie en ce moment retenir le courroux
Que pouſſe le tranſport d'vn deſeſpoir jaloux ?
Non , non , par tant de maux mon amour affligée
A creu tous ſes tranſports , & s'en trouuè allegée.
Auois-je auparauant vn ſort plus rigoureux ?
Ah ! non non ; vn amant eſt bien moins malheureux
D'eſtre en bute au meſpris , que l'eſtre à la vengeance,
I'ayme mieux ſon courroux que ſon indifference,
Tandis qu'elle me hait , i'occupe tout ſon cœur ;
Et d'vn Riual aimé ie trouble le bonheur.

    Mais de ce grand eſclat tu dois craindre la ſuite ;
Ah ! cette indigne peur fait honte à ma conduite.
Plus mes troubles ſont grãds, plus ie ſens que mon cœur

Se roidißant contr'eux augmente sa vigueur.
Il n'est point de malheur plus fort que mon courage,
Dans le plus tenebreux, dans le plus noir orage
Brillent quelques clartez, dont l'inuincible effort
En perce l'epaißeur, & me monstre le port.
Malgré tous mes Riuaux, malgré ta hayne extreme
Vous ne serez, qu'à moy maistreße diademe;
Mais ie voy Leucosie, il l'a faut aborder,
Son amour abusée pourra me seconder.

SCENE V.

EVRILOCHE, LEVCOSIE.

LEVCOSIE.

Rince par cet abord parce front plein de joye
Explique le bonheur que le Ciel nous enuoye.

EVRILOCHE.

Iay si peu de commerce auec le bonheur,
Que tout ce qui m'en parle est suspect à mon cœur.

LEVCOSIE.

Si la peur d'vn depart nous a couté des larmes
Circé s'en va bientost dissiper tant d'allarmes,
Icy ses volontez sont d'inuincibles loix
Elles ont du destin & la force & le poids,
Tout ce que de Circé l'amour & l'artifice
Ont tenté iusqu'icy pour retenir Vlisse,
Sont de foibles essays de ses moindres efforts,
Elle en est maintenant à de secretz ressorts.
Mais ce qui doit mon Prince augmenter vostre joye,
Outre les grands efforts où son pouuoir s'employe
Voulant vous retenir auec plus de douceur,
Elpenor dés demain espouzera ma sœur.

EVRILOCHE.

Quel coup de foudre ô! Dieux, que dites vous Princesse?

LEVCOSIE.

Ce qui doit vous combler & d'heur & d'allegresse,
Circé presse elle mesme vn hymen desiré,
Que son ambition a tousiours differé.

EVRILOCHE.

Quel bonheur ? quelle ioye ? ô ! fortune cruelle.

LEVCOSIE.

LEVCOSIE.

Est-ce ainsi qu'on reçoit cette heureuse nouuelle?

EVRILOCHE.

De grace laissez-moy souspirer mes malheurs.

LEVCOSIE.

Hé quoy l'heur d'Elpenor cause-il vos douleurs?

EVRILOCHE.

Ouy, dans ce triste estat il m'est insuportable.

LEVCOSIE.

Comment donc?

EVRILOCHE.

Il m'apprend, que ie suis miserable,
Ie le voy dans le port où tendoient ses desirs,
Et ie me vois encor aux larmes, aux souspirs.
Triste, confus, reduit à perdre l'esperance.

LEVCOSIE.

Vn semblable bonheur est en vostre puissance,
Il ne tiendra qu'à vous.

EVRILOCHE.

A moy Princesse? helas!
Pour auoir son bonheur, que ne ferois-ie pas?

LEVCOSIE.

Elpenor est aymé, vous sçauez qu'on vous ayme.

EVRILOCHE.

Vos bontez ne sçauroient vaincre mon mal extreme.

LEVCOSIE.

La Reyne à mes bontez adiouste sa faueur,
Et si de nostre hymen depend vostre bonheur....

EVRILOCHE.

Quoy que i'ose esperer de vous, & de la Reyne,
Ie suis encor bien loin de la fin de ma peine.

LEVCOSIE.

Donc vous auez des maux, Prince, à ce que ie voy,
De qui la guerison ne depend pas de moy.

EVRILOCHE.

Ouy i'en ay.

LEVCOSIE.

> L'infidelle, ô ! ſoubçon qui me tuë.
Defia depuis long-temps ie m'en ſuis apperceuë;
Ie ne m'eſtonne point ſi vous verſiez des pleurs,
Et ſi l'heur d'Elpenor a cauſé vos douleurs;
En effet ſon hymen eſt digne de vos larmes,
L'ingrat.

EVRILOCHE.

> A mon malheur preſtés encor des armes
Phaëtuſe Elpenor, & les Dieux en courroux
N'eſtoient point aſſez forts pour me perdre ſans vous,
Il falloit, pour m'oſter le repos & la vie
Ioindre à mes ennemis l'ingrate Leucoſie,
Et perir par vn trait plus ſenſible à mon cœur
Que tous ceux que ſur moy peut lancer ſa rigueur;
Phaëtuſe, Elpenor ont iuré ma diſgrace,
Ie vous oppoſois ſeule au coup qui me menace,
Et l'vnique ſecours que ie m'eſtois promis
Va faire contre moy plus que mes ennemys.
Seruez aueuglement leur iniuſte vengeance
Mais en m'oſtant mes iours, laiſſez moy l'innocence.
Percez, percez ce cœur, ſeure qu'en cet eſtat
Vous perdrez vn amant & non pas vn ingrat.

LEVCOSIE.

Pardonnez vn subçon qu'authorisoient vos plaintes,
Qui m'a fait plus souffrir, qu'à vous toutes vos crain-
　　　　tes ;
Vous n'estes point ingrat, & ie me croy permis
De me ioindre auec vous contre vos ennemys,
Ma sœur vous hait, he bien ie prens vostre querelle,
Puisqu'il falloit pour vous estre mal auec elle,
Graces aux Dieux mon sort me paroist assez doux,
D'auoir à demesler auec son courroux.
Mais enfin apprenons, quelle estrange aduenture
Me va faire pour vous offenser la nature.

EVRILOCHE.

Sans tarder vostre sœur vous le fera sçauoir,
Mais Princesse d'vn air qui vous fera bien voir
A quel estrange excez sa colere est montée,
Et le peu de sujet qu'elle a d'estre irritée.
Cependant rien ne peut egaller son courroux
Il va pour premier coup me perdre auprez de vous.

LEVCOSIE.

Cét effort Euriloche est hors de sa puissance.

EVRILOCHE.

A couuert de ce coup ie ris de ſa vengeance
Que la terre & le Ciel, cette iſle, ſon amant
S'arment pour le ſecours de ſon reſſentiment.
Que leurs efforts vnis me declarent la guerre
Auec vous pouuant vaincre & le Ciel & la terre
Le treſpas d'Elpenor armé pour voſtre ſœur
Eſt vn eſſay trop foible à ma iuſte fureur.

LEVCOSIE.

A ce boüillant courroux vous eſtes trop ſenſible.

EVRILOCHE.

Sa vie auec la mienne eſt trop incompatible
Il me hait, ie le hays, & cette occaſion
Va redoubler ſa hayne & mon auerſion,
A tel point, que malgré tout le reſpect d'Vliſſe
Il faut que ſans tarder l'vn ou l'autre periſſe,
Il faut ſans differer, s'il ne quitte ces lieux
Qu'il tombe par ma main, ou m'égorge à vos yeux.

LEVCOSIE.

O Dieux!

F iij

EVRILOCHE.

Pour preuenir ma mort ou son suplice
Ouurez quelque chemin à la fuite d'Vlisse.
Si tantost nostre amour à trahit son dessein
Pour fuïr, ce mesme amour luy doit prester la main.
Il le faut; ma fortune à ce point est reduite
Par la necessité d'accompagner sa fuite.
Ie contrains Elpenor de quitter vn sejour,
Dont son inimitié me banniroit vn iour.

LEVCOSIE.

Que me demandez vous, faut-il que ie rauisse
Elpenor à ma sœur, à Circé son Vlisse?

EVRILOCHE.

Que perdent vos deux sœurs, s'ils quittent ce sejour,
Ayez soin de leur gloire, & non de leur amour;
Et que les maux d'Vlisse attendrissent vostre ame,
Secourez vn Epoux, qu'on arrache à sa femme.
Arrachez Penelope aux maux où ie la voy,
Helas si vostre amant vous trahissoit sa foy....

LEVCOSIE.

Ie fremis au penser d'vn malheur si terrible.

EVRILOCHE.

Penelope, Princeſſe eſt-elle moins ſenſible?
Mais de plus grands motifs demandent ce depart,
Noſtre gloire le veut, elle y prent tant de part,
Qu'au peril qu'elle court la raiſon m'abandonne,
Mon ennemy mortel pretend à la Couronne,
L'hymen de voſtre ſœur va mettre dans ſa main
Le glorieux eſpoir du pouuoir ſouuerain.
Il ſçaura ſe ſeruir des droits de Phaëtuſe,
Il ſçaura l'arracher, ſi Circé le refuſe.
Helas! ſi ſon orgueil acheue ſes projets,
Il ſera noſtre Roy, nous ſerons ſes ſujets,
Nous luy deurons honneur, obeiſſance, hommage,
Periſſe tout, Princeſſe, auant vn tel outrage.
Ou faites qu'il s'en aille, ou laiſſez moy partir.

LEVCOSIE.

A ce cruel depart pourrois-je conſentir?
Non, non, & puiſqu'il faut monſtrer que ie vous ayme,
De tout ce que ie puis diſpoſer en vous meſme,
Ie ſuis preſte pour vous....

EVRILOCHE.

Princeſſe c'eſt aſſez,
Et vous faites pour moy plus que vous ne penſez.

SCENE VI.

CIRCE' dans l'antre du sommeil.

FOible & dernier secours, que mon amour lassée
Oppose au desespoir dont elle est menacée;
Quel succés à mes maux ay-ie lieu d'esperer?
Retiendrez-vous Vlisse, & m'en dois-ie asseurer?
Mille essays merueilleux sur la terre & sur l'onde
Ont estalé ma flamme aux yeux de tout le monde,
Quand i'ay deu signaler mon pouuoir merueilleux.
Aux yeux d'vn fier Heros, d'vn vainqueur orgueil-
   leux,
I'ay produit des efforts qui vont iusqu'à l'extreme,
Dont les Dieux ont tremblé, dont i'ay tremblé moy
   mesme.
I'ay fait voir iusqu'au Ciel s'esleuer des vaisseaux,
I'ay fait courber les Cieux iusqu'au centre des eaux,
Dans les iours les plus beaux i'ay formé des nuages,
I'ay fait venir le calme en despit des orages;
I'ay fait rendre à la terre au milieu des froideurs

La vi-

La richesse des fruits & l'ornement des fleurs;
I'ay suspendu l'effet des chansons des Syrenes,
Vlisse en a iouy sans en craindre les peines;
Et pour tout dire enfin ma flame & mon espoir
Ont consommé pour luy ma force & mon pouuoir.

Si i'ay fait plus qu'vn Dieu pour signaler ma flame,
Par mes soubmissions ie fais plus qu'vne femme,
Et i'assemble pour luy tous les traits, qu'à leur tour
Mon sexe & mon sçauoir pretend à mon amour.
De ces faits esclatans que produisent mes charmes,
Ie descens aux souspirs, ie descens iusqu'aux larmes.
Ie flate, ie caresse, & i'vse auec chaleur
De tout ce qu'on employe aux surprises d'vn cœur;
Ie le surprens enfin, sa resistance cesse,
I'entre dedans son cœur, i'en deuiens la maistresse,
Et quand par de tels soins ie sens rougir mon front,
Le prix de la conqueste en efface l'affront.

Parmy tant de douceurs où mon ame se noye,
Dans ces diuins transports d'esperance & de ioye,
D'vn autre amour banny l'inopiné retour
A changé tout Vlisse & trahy mon amour:
Son deuoir rappellé par l'esclat d'vne femme
Luy rend ce que mes soins auoient pris sur son ame,
Penelope elle seule a fait euanoüir
Ce bonheur souhaité, dont ils alloient ioüir;
De tant d'illustres faits, de ces rares merueilles

G

Le charme ou la terreur des yeux & des oreilles,
Ie n'en recueille rien que le seul deseSpoir,
Que la honte de voir perir tout mon pouuoir.
Vn seul moyen me reste apres cette disgrace
Pour rentrer dans son cœur. & m'y rendre ma place,
Penelope, me l'oste, & pour l'en effacer
C'est au Dieu du sommeil que ie veux m'addreſſer.
   Sommeil, qui de cet antre enuironné de songes
Dans l'eſprit des mortels iettent mille mensonges.
Ie le vois, approchons. A quoy me reduis-tu
Amour qui vas trahir ma gloire & ma vertu?

SCENE VII.

GIRCE'. Le Dieu du sommeil.

GIRCE'.

ARbitre du repos, Dieu maiſtre du silence,
Toy de qui les mortels reuerent la puiſſance,
Et qui parmy nos maux si longs, & si preſſans
Sauues de leurs rigueurs la moitié de nos ans,

Pardonne, si ma voix trouble ta solitude,
Ie cherche du repos à mon inquietude,
Et dans ce triste estat c'est de toy seulement
Que ie puis esperer quelque soulagement.

Quand ie voy sans effet mon adresse epuisée
Tous mes soins consommez, & ma puissance vsée,
Seul tu peus me seruir par des efforts nouueaux :
Mais pour me secourir, apprens quels sont mes maux.

I'ayme ; mais i'ayme Vlysse, & si i'en fus aymée,
Si par ce grand bonheur mon amour fut charmée,
Cét espoir glorieux en deuient plus confus,
Quand ie voy qu'il m'aymoit, & qu'il ne m'ayme plus.
Sa femme rapellant des deuoirs dans son ame,
Qu'il en auoit bannis en faueur de ma flame,
Me derobe vn amour, qui m'est si glorieux,
Et pour mieux me l'oster luy fait quiter ces lieux.
Elle me le rauit, & toute ma puissance
Ne pouuant sur sa vie ostendre ma vengeance,
C'est par toy seulement, que mon transport jaloux
La peut faire perir dans l'esprit d'vn espoux.
Fais luy voir en dormant vne image infidelle
Qui luy fasse hayr ce qu'il aymoit en elle ;
Fais-là luy voir perfide, & que par cette erreur
Ie m'en puisse vanger mieux que par ma fureur.

Le sommeil.

Vous pouuez icy tout, Nymphe que faut-il faire?
Commandez, & Morphée aura soin de vous plaire.

CIRCE'.

Ainsi malgré les soins, les pertes, les douleurs
Puissent tous les mortels ioüir de tes douceurs.
Qu'aucun bruit ne te trouble, & qu'à iamais mon pere
De ton antre sacré recule sa lumiere.

Fin du second acte.

ACTE III.
SCENE PREMIERE.

Là scène est
dans le Palais
de Circé.

CIRCE', VLISSE, EVRILOCHE, CIRCE'.

VE faites-vous, Vlisse?

VLISSE.

Oüy Reyne à vos genoux:
Pour ces deux criminels, à vostre sœur, à vous,
De leur peu de respect ie vous demande grace,
Euriloche à failly; mais malgré son audace,
I'ayme assez; de nos Grecs le reste malheureux,
Pour trembler de leur perte, & pour m'offrir poureux.

G. iij.

CIRCE.

Euriloche a failly ; mais Vliße l'excuſe,
Pour Circé c'en eſt trop ; aßez pour Phaëtuſe ;
Pour ſi iuſte qu'il ſoit, il n'eſt point de courroux,
Qui puiße vous dedire & tenir contre vous.
 Mais donnons quelque eſpace au cours de ſa colere :
Cependant mon pouuoir dans le ſoin de vous plaire
Deſarme en Elpenor l'ardeur de ſe vanger,
Qui mettoit l'vn ou l'autre & tous deux en danger,

à Euriloche *Ouy par l'impreſſion d'vn charme qui l'abuſe*
Vous ſerez à ſes yeux ſa chere Phaëtuſe :
Ainſi malgré l'effort de ſon reſſentiment
Dedans voſtre ennemy vous verrez, voſtre amant.

EVRILOCHE.

Que i'euite à ſes yeux paßant pour ſa maiſtreße
Les traits de ſa fureur ! ah ! c'eſt trop de foibleße.
Non, non, Madame, il faut ….

CIRCE.

Ie ſçay voſtre valeur.

VLISSE,

Euriloche, ſouffrez.

EVRILOCHE.

I'obeiray, Seigneur.

CIRCE'.

Euriloche autrefois efprouua ma puißance:
Maintenant Elpenor en fait l'experience;
Par ce charme nouueau, qui luy fait en ce iour
Voir en fon ennemy l'obiet de fon amour,
Ainfi de tous les Grecs, que (dans cette iournée,
Qu'à Circé pour aymer les Dieux auoient donnée,)
La tempefte auec vous emmena fur ces bors,
Contre vous feul i'ay fait d'inutiles efforts
Auffi contre vous feul i'ay refufé les armes,
Qu'offroit à mon amour le fecours de mes charmes,
Voulant deuoir vn cœur au refus obftiné
Au feul amour du cœur que ie vous ay donné.

V.LISSE.

Princeße auec raifon ce reproche m'offenfe,
I'ay pour vous du refpect, non de la refiftance;
Sans attendre l'effet de voftre grand pouuoir,
Mon cœur a vos bontez rend ce qu'il croit deuoir:
Le temps vient grande Reyne, où vous allez co-
gnoiftre:
Quels fentimens en moy les voftres ont fait naiftre?

Quelle recognoissance Vlysse est preparé
De rendre à vos faueurs, qui l'ont tant honoré.
Tandis, bien que leur poids & leur nombre m'accable,
Ie voudrois de nouueau vous estre redeuable,
Non pas à vostre amour; ie crains luy trop denoir;
Mais i'ose importuner encore vostre pouuoir.

CIRCE.

A quoy faut-il pour vous que mon pouuoir s'employe?
Demandez, vous sçauez, s'il vous sert auec joye.
Sçachez de ces Heros, dont les rares portraits
Font l'ornement pompeux de ce riche Palais,
Iusques à quels efforts va mon pouuoir supreme,
Pour vous ie veux qu'il aille au delà de luy-mesme,
Voulez vous voir la terre ou rouler sous vos pas?
Ou se deschirer toute en mille & mille esclats?
Voir le pere du iour retenu dedans l'onde
Dans vn dueil eternel enseuelir le monde;
Voir confondre auec l'air, le feu, la terre, & l'eau,
Voir rentrer l'vniuers dans son premier berceau?
Et puis luy redonnant son ordre & sa lumiere
Le rendre en vn moment à sa beauté premiere?
Voulez-vous trauerser en des climats nouueaux?
Voler dedans les airs; marcher dessus les eaux?
Et voir à mesme temps solides & constantes
Ces regions de vents, ces campagnes flotantes

Ie m'of-

Ie m'offre à contenter vos plus hardis souhaits;
Mais payez mon amour de tout ce que ie fais.

VLISSE.

Bien que tant de bonté, tant de magnificence
Desia depuis long temps m'ait mis dans l'impuissance;
I'ose encor destiner à de nouueaux exploits
Ce grand pouuoir pour moy signalé tant de fois.
Mais ne refusez pas ma genereuse enuie.
Ie vis Reyne; & les Dieux en me laissant la vie
M'empeschent de reuoir ces mortels demy-Dieux,
Que Troye a veu perir par des coups glorieux.
Ie brusle de reuoir ces ombres immortelles;
Et de forcer le sort qui me separe d'elles;
Faites nous vn passage à ces illustres morts;
Faites moy trauerser tous ces horribles bors,
Ces deluges de flamme & ces brulans abysmes
Que les Dieux ont creusé pour la peine des crimes:
Et faites moy viuant penetrer sans effroy
Ce qu'ils ont mis d'espace entre l'Enfer & moy.
Mais ce dessein vous trouble, & semble vous sur-
    prendre.

CIRCE'.

Ouy i'en sens du desordre, & ne puis m'en defendre;
Alors qu'il faut pour vous consentir vn effort,

H

Qui porte dans mon cœur l'image de la mort.
Vous descendre aux Enfers ? à ce penser ie tremble;
Ie crains pour voftre perte, & cela luy reffemble.
Puis-je (quelque pouuoir que m'ayent donné les
　　　Dieux)
Confierà l'Enfer des iours fi precieux.

V L I S S E.

Ah! ne prefumez pas par ces feintes allarmes
De me faire douter du pouuoir de vos charmes,
Ny me faire changer le deffein que i'ay pris.
Si vous me refufez, ie l'impute a mefpris,
Et ce refus iniufte auiourd'huy me difpenfe
De plus iufte deuoirs de ma recognoiffance.

C I R C E.

Qui croit pouuoir brifer la chaine d'vn bienfait,
Menaçant de la rompre, il la rompt en effet;
Ce traitement fuffit pour me faire cognoiftre
Quels fentimens en vous mon amour a fait naiftre.
Mais ie veux l'ignorer; & vainquant mon effroy
Vous ofter tout pretexte à vous plaindre de moy.
Ie m'en vay coniurer pour vous malgré moy-mefme.
De tous les Dieux d'Enfer les puiffances fupremes,
Ie vous feray paffer mille bors, mille mers,
Et d'vn vol fi preffé courir dans les Enfers,

Qu'à peine pourrez-vous auec quelque asseurance
Entre l'Enfer & nous croire quelque distance :
Mais par vn mesme effort ie veux en mesme iour
Terminer vostre absence & voir vostre retour.

VLISSE.

Apres ces grands efforts d'amour & de puissance
Osez tout esperer de ma recognoissance.

SCENE II.

EVRILOCHE, VLISSE.

EVRILOCHE.

*Q*Velle bizare humeur vous possede aujourd'huy?

VLISSE.

Pour en iuger ainsi sçauez-vous mon ennuy?

EVRILOCHE.

En peut-on conceuoir dont l'effort authorise

H ij

Ce deſſein eſtonnant, cette eſtrange ſurpriſe?

VLISSE.

L'amour de Penelope a formé ces proiets.

EVRILOCHE.

Ah! quittés ce deſſein, i'ay des vaiſſeaux tous preſts;
Allez dans voſtre Grece eſſuyer tant de larmes.

VLISSE.

Qu'vn lieu iadis ſi cher a pour moy peu de charmes.
Peut-eſtre que l'abyſme où ie cours auiourd'huy
A pour moy plus d'appas & moins d'horreur que luy.
Qu'vn moment, Euriloche, a ietté dans mon ame
De puiſſans ennemis d'vne innocente flame.
I'ay veu (i'en tremble encor)en de ſanglans tableaux
Le crime & l'attentat de mes laſches Riuaux.
I'ay veu mes feux trahis, Penelope perfide;
Telemache mon fils vangeur ou parricide;
Enfin dans vne nuiſt i'ay veu de tels malheurs;
Qu'vn ſeul auroit beſoin de toutes mes douleurs.

EVRILOCHE.

C'eſt donc l'effet d'vn ſonge.

VLISSE.

Il eſt vay c'eſt vn ſonge;
Mais trop net, trop ſuiuy, pour le croire vn menſonge;
Celuy-cy ne ſuit point aux clartés du reueil:
Malgré mes deplaiſirs accablé de ſommeil
Ie gouſtois vn repos plus grand qu'à l'ordinaire;
Quand tout à coup frape d'vne image legere,
Ie me trouue en des lieux, qui me comblent d'effroy,
Où mille obiets confus s'eſleuent deuant moy:
Dans ces obſcurités ie ne puis rien cognoiſtre,
Tandis quelque clarté commence de paroiſtre,
Semblable a cet eſclat, qui finit vn portrait
Apres les ſombres traits d'vn crayon imparfait.
Ainſi ce peu de iour diſſipant ces ombrages,
M'offre diſtinctement des brillantes images,
I'entre dans vn beau pré couronné de berceaux,
Separez ſeulement par de petits canaux,
Où la beauté de l'onde, & l'aymable murmure
Des flots, qui de leur lit ſautoient ſur la verdure
Flattoient ſi doucement & l'oreille & les yeux,
Qu'on les peut comparer aux douceurs de ces lieux.

EVRILOCHE.

Ce ſonge iuſques-là n'a rien qui ſoit funeſte,

VLISSE.

Plus cet endroit est beau, plus ie tremble du reste.
 Obseruant de plus prés ces lieux de toutes pars
Vn obiet adorable arreste mes regars.
Dieux ! c'estoit Penélope, à sa premiere veuë
D'vn transport de plaisir mon ame est toute esmeuë;
Ie cours pour l'embrasser, quand vn de ses amants
Me preuient, & s'oppose à mes embrassemens.
Mais pour comble d'horreur elle ayme ses caresses,
Et d'vn œil indigné rebute mes tendresses;
Me renuoye à Circé. Dieux que ne vis-ie pas?
A cet obiet ie tremble & ie retiens mes pas:
Là mille traits mortels assassinent ma ioye,
Là de mille douleurs mon cœur deuient la proye
Et lors que ma fureur, qui cherche à m'alleger
Pousse mes pas vers eux afin de me vanger,
Ie me sens arresté d'vn inuisible obstacle:
Ie ne scay si c'est crainte ou l'horreur du spectacle.
Dans ce saisissement immobile & honteux
Ie voy mon fils armé, qui vient fondre sur eux;
Ie m'escrie à l'instant, arreste temeraire.
Luy qui n'escoute rien, que sa seule colere
Les frape, & fait tomber de deux grands coups mortels
Le sang & les plaisirs de ces deux criminels.
 Interdit & surpris de ce grand sacrifice

Ie condamne ſa rage, & i'ayme leur ſuplice;
Vn reſte de ma flamme vne mourante ardeur
Parle pour Penelope & pleure ſon malheur;
Ie hay, i'ayme mon fils, & prens ſa violence.
Quelquefois pour fureur, quelquefcis pour vengeance:
I'eſcoute mon amour, i'eſcoute mon honneur,
Et dans ce grand combat, qui ſuſpend ma fureur,
Ie m'eſueille, & ie pers ce ſonge qui me geſne.
Mais las! le meſme inſtant recommence ma peine,
Tant ces obiets affreux, que ie ne puis banir.
S'eſtoient peints viuement dedans mon ſouuenir.
  Iuge dans quels ennuys cette image me plonge.

EVRILOCHE.

Ce ſonge eſt eſtonnant, mais enfin c'eſt vn ſonge.
Soubçonner Penelope! ah le tranſport ialoux
Vous donne des penſers trop indigne de vous.

VLISSE.

Ie cognoy ſa vertu, mais eſt-il de conſtance,
Qui ne cede aux rigueurs d'vne ſi longue abſence?
Aux amants dont le nom m'a deſia fait ialoux,
Peut-elle auec effet oppoſer vn eſpoux,
Que trois luſtres entiers eſcoulés ſi loing d'elle
Ont fait paſſer pour mort, ou bien pour infidelle.
  Perimede m'a dit leurs pourſuites, leurs ſoins;

Il m'en a dit beaucoup, & ie n'en croy pas moins.
Tout souftient mes soubçons sans cesse dans mon ame.
Ie vois Agamemnon qu'aßaßine sa femme;
Clytemnestre perfide; & ce cruel réueil
A pour moy plus de maux que n'auoit le sommeil.

EVRILOCHE.

Hé bien ne pouuant pas vaincre cette foiblesse
Seigneur pour s'eclaircir allez, dedans la Grece.

VLISSE.

Iray-ie voir rougir mon front & ma maison
Du sang d'vne infidelle & de sa trahison?
Ou si mon ame à tort charge son innocence
Iray-ie luy monstrer ma lasche defiance?
Non, non, dans ce combat, dans ces obscuritez,
Mon cœur dans les enfers doit chercher des clartez.
Là pour garder, ou vaincre vne douleur forte
Pour le moins i'apprendray si Penelope est morte;
Si mon fils a produit ou vangé mes malheurs.
Si son trepas merite ou ma hayne ou mes pleurs;
Si ie la treuue enfin & morte & criminelle,
I'attacheray mes pas à cette ombre infidelle,
Et plus que ses remors, plus que son chastiment
Ie seray son bourreau, sa honte & son tourment;
Si malgré mes soubçons i'apprens son innocence,
Ie veux

Ie veux que les Enfers contentent sa vengeance ;
Que si pour les viuans ils sont sans chastiment
I'iray porter ma teste à son ressentiment.
Adieu, ie pars : il faut que mon ame esclaircie
Sorte de son desordre & de sa ialouzie.
Ie puis bien dans l'Enfer descendre sans horreur,
Si mes soubçons ont mis vn enfer dans mon cœur.

Au retour nous sçaurons s'il faut reuoir la Grece
Cependant pour tascher d'appaiser la Princesse
Embrassez Elpenor, Circé fera la paix.
Adieu.

SCENE III.

EVRILOCHE seul.

VA, si le Ciel respond à mes souhaits
Pour punir tes soubçons & tes extrauagances
Ton voyage sera plus long que tu ne penses.

Cependant ie veux bien embrasser mon riual ;
Mais d'vn embrassement qui luy sera fatal.

I

Mais il paroiſt, voyons ſi la Reyne m'abuſe,
Ie dois prez d'Elpenor paſſer pour Phaëtuſe;
Mais ce coup eſtonnant eſt hors de ſon pouuoïr;
Il vient, le dois-ie attendre? eſuitons de le voir.

SCENE IV.

ELPENOR, EVRILOCHE.

ELPENOR.

PHaëtuſe, eſt-ce vous? arreſteʒ ma Princeſſe.

EVRILOCHE.

O! Dieux n'en doutons plus, c'eſt à moy qu'il s'adreſſe,
Effet inconceuable à tout autre qu'à moy!
Mais las! il me ſouuient encor auec effroy,
Qu'autrefois ſon pouuoir m'a fait plus miſerable.

ELPENOR.

Vous me fuyeʒ ô! Dieux, dequoy ſuis-ie coupable?
Qu'ay-ie fait? ou pluſtoſt de quel crime fatal

Me noircit prez de vous mon perfide riual?
Espouuanté de voir cette iniuste colere,
Seur de n'auoir rien fait qui puisse vous deplaire,
Dans cet estonnement ma confuse raison
Ne la peut imputer, qu'à quelque trahison.
Quoy? le lache Euriloche....

EVRILOCHE.

Ah! ce discours me fasche,
Euriloche n'est point ny perfide ny lache.
Et...

ELPENOR.

Vous le deffendez? ô! Dieux, ie suis perdu:
Mais riual mon malheur te sera cher vendu.
Tu ne iouiras point du fait de ta malice;
Le pouuoir de Circé ny le respect d'Vlysse
Ne sçauroit l'arracher à mes sanglants efforts.

EVRILOCHE.

Impuissante fureur! ridicules transports!
Toy mesme à ce riual songe à demander grace;
Ou ta mort preuiendra l'effet de ta menace.

ELPENOR.

Hé bien, puisque ses iours vous sont si precieux

Que qui l'ose attaquer vous deuient odieux ;
Executez vous mesme vn Arrest si funeste
Il m'oste vostre cœur, prenez ce qui me reste ;
Heureux si par vos mains ie pers à vos genoux
Des iours que seulement ie conseruois pour vous.
Percez, percez ce cœur, que rien ne vous retienne ;
Si vostre main en tremble, employez y la mienne.
Commandez...

EVRILOCHE.

Profitons de sa mortelle erreur.
Mais..... verturidicule ! ah ! suiuons ma fureur,
Iamais l'occasion ne s'offrira si belle.
Dieux Phaëtuse vient, & sa sœur auec elle.

SCENE V.

LEVCOSIE, PHAETVSE, ELPENOR.

LEVCOSIE.

VOstre Conseil ma sœur m'oblige infiniment.

ELPENOR à Phaëtuſe.

Ah! c'eſt trop conſulter voſtre reſſentiment.
Ie cede au mien Princeſſe, & ſeur de ma diſgrace
Ie ſuis mon deſeſpoir, ſans que voſtre menace
Empeſche cet amant jaloux & furieux
D'immoler ſon riual Euriloche, à vos yeux.

SCENE VI.

LEVCOSIE, PHAETVSE.

LEVCOSIE.

Son riual, Euriloche!

PHAETVSE.

O! Dieux quelle menace,
Dequoy vous plaignez vous? quelle eſt cette diſgrace?
Où fuyez vous? helas! ie le r'appelle en vain

VLISSE,

LEVCOSIE.

Circé sçaura, ma sœur, empescher son dessein.

PHAETVSE.

Elle m'auoit promis d'assoupir sa vengeance,
Ie viuois en repos apres cette asseurance.
Cependant sa fureur....

LEVCOSIE.

Vous la craignez à tort ;
Euriloche a dequoy repousser son effort.

PHAETVSE.

Pour Euriloche moy ie serois allarmée !

LEVCOSIE.

Pourquoy non, s'il est vray qu'il vous a tant aymée ?
Vous dites qu'il m'abuse, & n'ayme encor que vous.
Et nous venons de voir qu'Elpenor est ialoux ;
Ie ne voy pas pourtant qu'il ait sujet de l'estre,
Si l'on traite Euriloche en imposteur, en traistre,
Et qui se rend indigne en me manquant de foy
D'estre veu ny souffert, ny de vous ny de moy.
C'est là vostre conseil, ie n'en ay point d'ombrage,
Mais pardonnez vn cœur qu'vn peu d'amour engage ;

S'il refuse vn conseil, qu'Elpenor de ce pas
Vient de nous reprocher que vous ne siuuez pas.

PHAETVSE.

A vostre dam, ma sœur, si ie vous suis suspecte.

LEVCOSIE.

Ah! ma sœur vous sçauez, combien ie vous respecte.
Vous estes mon aynée, & bien plus que ce rang
Plus que tout ce qu'on doit aux tendresses du sang,
La parfaite amïtié que vous m'auez promise
M'oste tous ces soubçons. & veut plus de franchise.

PHAETVSE.

Cette amitié, ma sœur, m'oblige à vous donner
Le conseil qu'en effet vous semblez soubçonner.
Ie vous l'ay desia dit, & ie vous le repete;
Que de quelque façon qu'Euriloche vous traite;
Il couue des desseins qui vous feront vn iour
Repentir, mais trop tard, d'auoir eu de l'amour.
Preuenez les malheurs que presage ma crainte,
Vostre chaisne auec luy n'est pas si fort estrainte,
Que si Circé ny moy n'en sommes point d'accord,
Vous ne la puissiez rompre auec vn peu d'effort.
Vous deuez, ce me semble, embrasser ma querelle,
Que ne cognoissez vous cét esprit infidelle...

Lasche, fourbe, meschant, i'en parle sans aigreur;
Ie le hais il est vray, mais i'ayme plus ma sœur,
Et tout ce que i'en dis, quoy qu'apres son offence
Est pour vostre interest plus que pour ma vengeance.

LEVCOSIE.

Vous en dites beaucoup, mais à parler sans fard
Vostre amitié, ma sœur, s'en aduise vn peu tard;
Auec ces qualitez il falloit le depeindre,
Alors qu'il commença de m'aymer ou de feindre.
Mais il n'estoit pour lors ny lasche ny trompeur
Et ne l'est que depuis vostre mauuaise humeur.
S'il est vray qu'Elpenor ait captiué vostre ame
Vous ne souffririez pas qu'on le traitast d'infame;
Ny ie ne puis souffrir qu'on noircisse auiourd'huy
Vn Prince plus aymable, & plus aymé que luy.
Le mal sera pour moy s'il deuient infidelle;
Et si vostre amitié plus que vostre querelle
Pour le rendre odieux vous fait prendre ces soins,
Vous m'obligerez fort de m'aymer vn peu moins.
Car enfin vouloir rompre vne si forte chaine
C'est à moy comme à vous vne entreprise vaine.
Ie l'ayme, & d'autant plus que i'ay tousiours pensé
Que vous y consentiez, aussi bien que Circé.

PHAETVSE.

PHAETVSE.

Dés l'abord, comme vous, i'ay mal cognu ce traistre,
Mais maintenãt, ma sœur, qu'on me l'a fait cognoistre,
Sans inhumanité ie ne puis approuuer
De voir perir ma sœur, quand ie puis la sauuer.
Ainsi n'esperez pas que iamais i'y consente,
Et si vous en voulez de preuue plus pressante
Puisqu'aussi bien ie voy que vostre aueuglement
Impute mes conseils à mon ressentiment,
Plus pour vos interests que ceux de ma vengeance
I'entreprens son exil de toute ma puissance.
Et contre qui voudra choquer ma volonté
Ie consens d'en venir à toute extremité.
Il faut qu'il quitte l'isle, ou bien qu'il y perisse.

LEVCOSIE.

En ce cas-là, Madame, il faut que i'y flechisse.

PHAETVSE.

C'est à vous d'y songer.

LEVCOSIE.

Le conseil en est pris,
Dans ces ressentimens Elpenor s'est mespris
Il veut perdre Euriloche, & malgré sa complice
Il faut qu'il quitte l'isle ou bien qu'il y perisse.
Pour faire reussir ce que i'ay proietté,
Ie consens d'en venir à toute extremité.

ACTE IV.

SCENE PREMIERE.

SIZIPHE seul.

DE plus profonds cachots du centre de la
    terre
Ie roule inceſſammēt cette maſſe de pierre ;
Mais ie ſuccombe enfin ſous ce peſant far-
    deau ;
Ma force ſe conſomme, & ie ſuis tout en eau.
Toutefois accablé ſous tant de laſſitude
Quand ie dois expirer ſous vn tourment ſi rude,
Vn demon inuiſible anime mes efforts,
Et ſans rendre mes bras ny moins las, ny plus forts,

Sans amoindrir mon mal son assistance vaine
Soustenant ma foiblesse eternise ma peine.
  Rocher accable moy sous tant de pesanteur.
Et toy de mon tourment & le iuge & l'autheur
Grand Dieu, qui pour donner matiere à ta iustice,
Rens les morts immortels au milieu du supplice,
Oste nous par pitié cette immortalité ;
Reprens ce don fatal, que tu nous a presté.
Quoy ? ta diuinité treuue-elle de charmes
A voir couler sans cesse vn deluge de larmes ?
Quoy ? le crime d'vn iour le crime d'vn moment
Doit-il estre puny d'vn si long chastiment ?
  Mais cruel enyuré de douceurs & de ioye
Tu braues les souspirs que ma douleur t'enuoye.
Puis donc qu'à ce trauail on ne peut m'arracher,
Voy comme ie m'efforce à pousser ce rocher
Il faudra malgré toy qu'vn si cruel supplice.
Sous vn effort supreme, ou m'accable, ou finisse.
  Enfin ie touche au terme, & ie puis auiourd'huy...
Mais helas ! il retombe, & ie tombe auec luy.
Triomphe Iupiter, triomphe de ma peine.

SCENE II.

VLISSE seul.

Dans quel gouffre d'horreur ta puißance m'en-
　traine?
Amour eſt-ce en ces lieux que ie la doy chercher?
Penelope eſt-ce icy que tu voudrois cacher
Ma honte & ton tourment, mon ſuplice & ton cri-
　me?
Perfide, s'il te reſte vn remors legitime
Fais toy voir à qui fut ta fidelle moitié,
Malgré ta trahiſon ton ſort me fait pitié.
Et ſi prez de Pluton ma priere n'eſt vaine,
Bien loin de l'agrandir i'amoindriray ta peine.

SCENE III.

SIZIPHE, VLISSE.

SIZIPHE.

R Ocher qu'en vain toufiours ie tafche à remonter.

VLISSE.

Quel eft ce malheureux ?

SIZIPHE.

Ne puis-ie l'arrefter ?

VLISSE.

C'eft Siziphe, luy mefme.

SIZIPHE.

O ! rigoureux fuplice !

K iij

VLISSE,

VLISSE.

Spectacle insuportable au malheureux Vlisse!
N'importe.. En ma faueur quittes pour auiourd'huy.

SIZIPHE.

Vlisse chez les morts!

VLISSE.

Ouy, Siziphe, c'est luy.

SIZIPHE.

Que veux tu malheureux ? quel estrange caprice
Te fait venir icy redoubler mon supplice?
Viens tu pour me vanter tes exploits glorieux?
La splendeur de ta vie est l'horreur de mes yeux.
Tout ce qu'on voit en toy d'eclat & de merite
Dont ma douleur s'augmente, & mon remors s'irrite,
Redoublant la laideur de mes propres defauts,
Sont de mes laschetez la honte & les bourreaux.
Va, fuis, & cache moy cette vertu mortelle;
Ce grand rocher me pese, & me presse moins qu'elle.
Faut-il que ton destin soit si contraire au mien?
A-il pû de mon sang naistre vn homme de bien?
I'auois ce doux espoir que malgré ma disgrace
Mes forfaits deuiendroient l'exemple de ma race,

Et que le mauuais sang, que ie t'auois presté,
Ietteroit dans ton cœur toute ma lascheté.
Mais puisque les efforts d'vne autre nourriture
Ont purgé ton destin & dompté ta nature,
Te monstrer si contraire à tous mes sentimens
C'est redoubler ma peine; & croistre mes tourmens.
   Sors, & par tes vertus en ces lieux mespriseés
Va charmer tes amis dans les champs elizées.
Puisse-tu pour armer les remors contre toy
Deuenir plus infame & plus meschant que moy?
Puisse-tu dans les creux de tes bruslans abysmes
Renuerser sur toy seul la peine de mes crimes?
Ou du moins puisse-tu par mes lasches forfaits
Endurer tous les maux, que ta vertu m'a faits?

V L I S S E.

Si c'est cette vertu, que vostre ame deteste,
Ie viens vous presenter vn obiet plus-funeste:
Tout ce qu'a vostre Enfer de peine & de rigueur
N'a rien de comparable aux tourmens de mon cœur.
   Mais ma douleur est-elle aussi iuste que forte?
Siziphe apprenez, moy si Penelope est morte.
Mais non, n'en faites rien, dans vn coup si fatal
Ie sens quelque douceur à douter de mon mal.

SIZIPHE.

Par les mains de ton fils elle est morte infidelle,
Au lieu de tant d'amants qui soupiroient pour elle,
Mille serpens affreux qui nous comblent d'horreur,
Rampent sur sa poictrine, & luy rongent le cœur.
Ce corps, qui fut l'Autel, & le Dieu de ton ame,
N'est qu'vn spectre hideux enuironné de flame :
Ses yeux iadis brillans de lumiere & d'amour
Ne iettent maintenant qu'vn effroyable iour,
Tel que iettent les yeux d'vne horrible megere,
Etincellans de feu, de sang, & de colere ;
Tel que lance la foudre, ou tel que les esclairs
Au milieu de la nuict iettent dedans les airs.
Ses mains, dont les beautez empruntoient tant de
    charmes,
Ne seruent qu'à fournir de matiere à ses larmes.
Cette bouche sans cesse ouuerte à des souspirs,
Dont le souffle amoureux animoit tes desirs,
Ne s'ouure maintenant qu'aux deluges de flame,
Que vomit au dehors l'embrasement de l'ame.
Au lieu de cet air doux que sa bouche iettoit,
Au lieu de ce vermeil dont sa leure esclatoit
Vne espaisse fumée enuelopant sa bouche,
Noircit toute sa leure & tout ce qu'elle touche.
Enfin dans cet estat on diroit à la voir,

Que

Que tout ce qu'à l'Enfer & d'horrible & de noir,
Defigure vn obiet, qui fut durant fa vie
Matiere à tous les yeux, ou d'amour, ou d'enuie.

VLISSE.

Ah! Penelope! ô Dieux! O! cruel changement.

SIZIPHE.

Va ne la cherche point dans cet appartement,
Son crime eftant plus grand, & plus noir que les noftres,
Le lieu de fon fuplice eft feparé des autres.
Puiffe-tu de ces maux reffentir la moitié,
Et tomber à fes pieds d'horreur ou de pitié.
Va fors de ma prefence, & cours apres ta femme.

SCENE IV.

TYRESIE, SIZIPHE, VLISSE.

TYRESIE.

*C*Her Vliffe, arreftez, que vous dit cet infame?
Ce dernier deshonneur de vos braues ayeux,
La honte & le rebut d'vn fang fi glorieux.

L

SIZIPHE.

Qu'il me laiſſe en repos.

TYRESIE.

Cache-toy miſerable,
Et deliure nos yeux d'vn obiet effroyable.

SCENE V.

VLISSE, TYRESIE.

VLISSE..

*T*Yreſie eſt-ce vous ? venez-vous ſecourir,
Vn mortel deſeſpoir, que rien ne peut guerir ?
Venez vous contenter ma douleur ou ma haine ?
Ou me voir vanger d'elle, où regretter ſa peine?

TYRESIE.

D'où vient ce deſeſpoir, ces plaintes, ces malheurs.

VLISSE.

C'eſt hayne, c'eſt amour qui fait couler mes pleurs,
Puis-ie ne pas pleurer vne epouze ſi belle?
Puis-ie ne pas haïr vne epouze infidelle?
Son infidelité fait mon reſſentiment,
Mais i'ay de la pitié quand ie voy ſon tourment.
Vous à qui tous les Dieux ouurent les deſtinées,
Qui ſcauez le ſeiour des ombres condamnees
Monſtrez, moy cet aymable & perfide moitié,
Que ie meure à ſes yeux de rage ou de pitié,
Donnez cette allegeance au malheureux Vliſſe.

TYRESIE.

Vliſſe ouure les yeux, & cognoy l'artifice
Dont l'infame Siziphe abuſoit ton amour,
L'obiet de tes deſirs voit encor le iour;
Et ce cruel ſoubçon que ton erreur enfante
Cherche en vain chez les morts vne beauté viuante.

VLISSE.

Dieux! elle vit encor, mais peut-eſtre elle vit,
Pour ſoüiller en viuant & ma gloire & mon lit.

TYRESIE.

Reuiens, & pers enfin vn ſoubçon, qui l'offenſe.

 # VLISSE,

Non que ie sois surpris de cette defiance :
Ie sçay quel est l'effet de l'horrible conseil
D'vn songe couuert par le Dieu du sommeil,
Qui par de faux obiets trompant ta ialouzie
Arme ton desespoir contre sa perfidie ;
On seduit aysement ces folles passions ,
Et c'est ce qu'il a fait par ses illusions ;
Ou plutost c'est l'effet de l'adresse & des charmes
Par qui Circé te trompe , & cause tant d'allarmes.
Son amour pour reprendre vn cœur desabusé,
Te veut seduire encor par vn mal supposé.
Te faisant Penelope & morte & criminelle,
Elle aspire à des vœux que tu gardois pour elle.

VLISSE.

N'osant & ne pouuant me defier de vous
I'accepte auec transport vn oracle si doux.
Cher truchement des Dieux, fidelle Tyresie ,
Ie vous dois mon repos, mon honneur & ma vie.
*   Ainsi credule amant i'ay soubçonné ta foy,*
Penelope, quels maux , quelle assez dure loy
Me peut-on imposer pour vanger ton iniure ?
Mais tu sçais mon amour, & tu vois l'imposture.
Si pour me détromper d'vne fatale erreur
I'ay descendu si viste en ce lieu plein d'horreur,
Par cette mesme erreur maintenant esclaircie.

I'iray d'vn mefme pas contenter ton enuie,
Et fi pour accourcir le chemin des Enfers
Circé dans vn moment m'a fait courir cent mers.
Pour reuoir tes beaux yeux, pour reuoir noftre Grece
I'attens de mon amour ce qu'à fait fon adreffe.
    Vous en qui le Ciel mit tout le pouuoir des Dieux
Qui fçauez mille endroits pour fortir de ces lieux,
Sans qu'il doiue à Circé cet effort fauorable
Enleuez de ces lieux cet amant miferable,
Par vn chemin facile abregez fes trauaux,
Et derobez Vliffe à des charmes nouueaux.

TYRESIE.

Vliffe ie ne puis refpondre à voftre attente,
Le charme de Circé rend ma main impuiffante;
Elle vous fait defcendre en ce trifte feiour,
Seule elle peut auffi faire voftre retour.

VLISSE.

Ainfi ie doy fortir d'vn feiour fi funefte;
Par l'effort d'vne main que mon amour detefte,
Faut-il reuoir encor ces dangereux climats?
Et doy-ie m'apprefter à de nouueaux combats?

TYRESIE.

Il le faut, cher Vliffe, & deffia l'heure preffe;

Mais malgré ses efforts, espere en ton adresse;
Tu luy doy mille exploits, & ta fidelle amour
Par elle doit encor triompher à son tour.
Adieu.

VLISSE seul.

Quels soins? helas! pourront sauuer ma flame
Des pieges, des fureurs, des charmes d'vne femme?
Amour, par qui Circé dans ses lasches transports
Fait sans cesse & par tout de si puissans efforts.
Et pour d'iniustes vœux rompt de si grands obstacles,
Pour des vœux innocens faits de pareils miracles.

SCENE VI.

La Scene
est dans
le parc.

CIRCE' seule chante.

Rare présant des Cieux merueilleuse puissance,
Qui m'as fait consentir vne si dure absence.
   Redonne Vlisse à mon amour.
Rens à mes vœux l'obiet qui regne dans mon ame,
Et si tu veux seruir ma douleur & ma flame,
   Haste ma mort où son retour.

I'oppofe vainement au torrent de mes larmes
L'orgueil de mõ pouuoir, & l'efpoir de mes charmes,
   Tous deux cedent à mon amour.
S'ils me promettent tout il craint tout pour Vliffe,
Et iettans feulement la fin de mon fupplice
   De ma mort ou de fon retour.

Son feul retardement fait obftacle à ma flamme,
Ie n'en redoute plus du cofté de fa femme ;
Le fommeil l'abufant d'vne fatale erreur
A Penelope enfin a defrobé fon cœur,
Et ce qu'il m'a promis me rend trop affeurée.
D'vne felicité fi long-temps defirée.
   Que fais tu malhenreufe ? à quelle indignité
Abbaiffe-tu le fang d'vne diuinité ?
Circé met fon bonheur au feul amour d'vn homme!
Ah! Soleil, Dieu tefmoin du feu qui me confomme,
Toy qui vis autrefois cent Roys à mes genoux,
Voy quelle honte efface vn fpectacle fi doux.
Vange, vange fur moy l'honneur de ta famille,
Derobe tes clartez à cette indigne fille ;
Ou du feu, dont ma vie emprunte fa vigueur
Formant des traits mortels perce ce lafche cœur.
   Mais que dis-ie, infenfée! helas! fi quelque flame
Dans celles de mon fang, fut exempte de blafme.
En eft il fur la terre, en eft-il dans les Cieux,

Qui se puisse vanter d'vn feu si glorieux?
Si les Dieux punissoient de pareilles foiblesses,
Et la terre & les Cieux n'auroient plus de Deesses:
Si Venus, si Thetys, si la nymphe du iour
Pour des mortels sans honte ont conceu de l'amour,
Quel Dieu peut condamner ma flame auec iustice?
Ceux qu'elles ont aymez valoient-ils mon Vlisse?
　　Non, non, ma flame est iuste; & c'est mal à propos
Que cet iniuste orgueil vient troubler mon repos.
Il falloit l'escouter, quand ce feu prit naissance;
Quand on n'auoit pour moy, que de la resistance:
Maintenant qu'il se plaint d'auoir trop resisté
Mon remors refusant vn bien si souhaitté,
Si la poursuitte en fut, & honteuse & coupable,
Ce refus la rendroit encor plus condamnable..
I'espere tout d'Vlisse, & ie me crois permis;
De me faire tenir tout ce qu'il m'a promis;
Iusque-là que s'il manque à sa recognoissance,
Il est de mon honneur d'en faire la vengeance.
C'est en quoy mon destin est heureux auiourd'huy;
Cherissant vn mortel de pouuoir plus que luy.
En l'aymant ie l'esleue, ingrat ie puis l'abatre.
　　Mais pourquoy se former des monstres à combatre?
Circé ne doute plus, qu'Vlisse à son retour
Ne rende ce qu'il doit à ta fidelle amour.
Faut-il parmy les soins où mon amour m'engage

Qu'à

Qu'à de nouueaux soucis encore ie me partage ?
Que cherchez-vous ma sœur ?

SCENE VII.

PHAETVSE, CIRCE'.

PHAETVSE.

Vous, de qui ie me plains,
Euriloche, Elpenor, sans doute en sont aux mains.
I'ay mis pour les chercher toute la Cour en peine,
Au Palais, dans le parc, mais ma recherche est vaine.
Est-ce ainsi . . .

CIRCE'.

Moderez cet iniuste courroux,
De tout cet embarras ne vous plaignez, qu'à vous ;
Ie n'ay rien fait ma sœur, que ce que i'ay dû faire,
Ie vous auois promis que ialoux de vous plaire,
Mon art desarmeroit l'ardeur de se vanger,
Qui mettoit (disiez-vous) Elpenor en danger.

M

Ie l'ay fait, eſperant que de vous adoucie,
Euriloche obtiendroit ſa grace & Leucoſie,
Meſlant nos intereſts i'ay fait que deſormais
On ne ſe verra plus que pour faire la paix.
Ce charme dure encor, & malgré moy Princeſſe
Durera iuſqu'à tant que voſtre hayne ceſſe.

PHAETVSE.

Quel charme?

CIRCE'.

Merueilleux, qui force voſtre amant
De changer en reſpects tout ſon reſſentiment,
Et qui par la pitié, que vous fera ſa peine
Doit obtenir de vous la fin de voſtre haine.
Euriloche paroiſt, retirons-nous ma ſœur,
Ce que vous alleʒ voir changera voſtre cœur.

SCENE VIII.

EVRILOCHE seul.

IE me pers, Perimede, ah! non c'est trop d'audace,
Quand Vlisse, Elpenor me quitteroient la place,
Quand ie me promettrois de pouuoir quelque iour
Surmonter de deux sœurs & la haine & l'amour,
Circé reste à combatre, où prendrons-nous des armes
A nous mettre à couuert du pouuoir de ses charmes?
Ce qu'en souffre Elpenor, ce qu'elle fait sur moy
Dans mon ame coupable a ietté tant d'effroy
Qu'il me semble de voir sans cesse sa colere
S'apprester à punir ce que i'ay voulu faire.
   Ah! de mes laschetez fatale illusion!
Qui trahis mon amour & mon ambition.
Fais place à des pensers, qu'vn noble espoir me donne,
Amour de Phaëtuse, amour de la couronne,
Ie m'abandonne à vous, & sans plus contester
Commandez, ie m'appreste à tout executer.
Il faut.. Elpenor vient. Circé fuis sa peine.

Si tu ne peux souffrir qu'elle serue à ma haine.

SCENE IX.

ELPENOR, EVRILOCHE.

CIRCE', PHAETVSE.

ELPENOR.

EN vain sur mon riual ie cherche à me vanger
Pour terminer des maux qu'on ne peut soulager,
Ie retourne à vos pieds, souffrez y ma presence,
Et n'apprehendez plus que priué d'esperance
Ce malheureux amant ait la temerité,
D'en demander raison à sa diuinité.
Vos bontez m'esleuant à ce faiste de gloire,
Qui passe mon espoir, que i'auois peine à croire,
Vous acquirent le droict de m'en precipiter,
Vous m'auiez tout donné, vous pouuez tout m'oster.
Et comme en m'esleuant à ce comble de grace
Vous n'attendites point que ie le meritasse.

De mesme en m'en voyant par vous precipité
I'ay tort de demander si ie l'ay merité,
Ouy i'ay tort, & certain par ce cruel silence
Que ie vous doy ma mort sans sçauoir mon offense,
Ie suis trop criminel differant mon trespas
Mais sans plus contester i'y cours Princesse.

PHAETVSE.

Helas !

CIRCE'.

Ne craignez rien.

EVRILOCHE bas.

I'aurois contenté ton enuie;
Mais vn charme inconnu desarmant ma furie
Retient ce bras leué pour luy percer le cœur,
Et me fait souhaiter la fin de son erreur.
Circé vient.

ELPENOR.

Dieux vangeurs d'vne amour outragée,
Qui voyez à quel poinct ma fortune est changée,
Si mon lasche riual me desrobe sa foy
Perdez ce criminel; iustes Dieux vangez moy!
Que si ce changement vient de son inconstance

Quelque iniuste qu'il soit laissez-le sans vengeance.

PHAETVSE à Circé.

Ie ne puis me resoudre à le voir plus souffrir,
Madame.

CIRCE'.

Hé bien vous mesme allez le secourir.

PHAETVSE.

Demeurez, Elpenor; & cessez de vous plaindre
D'vn mal que vostre amour n'a pas subiet de crain-
    dre.
Quelques vaines frayeurs qui vous ayent allarmé
Phaëtuse iamais ne vous a tant aymé.

ELPENOR.

Qu'entens-ie ! ma Princesse, à mes vœux si contraire
Me rend en vn moment tout le bien que i'espere;
M'auez-vous fait souffrir ce cruel traitement
Pour rendre à mes desirs mon bonheur plus charmant?
Il m'estoit assez cher auant cet artifice.
Par quels respects, amour, & par quel sacrifice...
O ! Dieux. Princesse ! helas ! est-ce vous que ie voy?
Phaëtuse, est-ce vous qui me manque de foy?
Dieux quel charme presente à ma veuë abusée

Phaëtuſe en courroux, Phaëtuſe appaiſée.
Ah! ce n'eſt pas ainſi qu'on m'oſte mon malheur?   à Circé.
Madame, il faut finir non tromper ma douleur.
Et toutes les douceurs d'vne erreur fauorable
Sont vn foible ſecours contre vn mal veritable.
En vain pour arreſter mon iuſte deſeſpoir
Sous vn front adorable vn demon ſe fait voir,
Et prenant tous les traits de celle que i'adore
S'efforce de calmer l'ennuy qui me deuore.
Fuis ſpectre deceuant, qu'anime ſa pitié,
Mes maux à ſon aſpect augmentent de moitié.
Plus ie vois que Circé veut ſoulager ma peine,
Plus ſon ingrate ſœur me paroiſt inhumaine.
Voyant que ſa rigueur s'obſtine a voir perir
Celuy que d'vn ſeul mot elle peut ſecourir.

PHAETVSE à Circé.

Ah! ma ſœur.

CIRCE' à Eurlloche.

Il eſt temps que ce charme finiſſe.
Vous ſçauez ce qu'on doit aux prieres d'Vliſſe,
Embraſſez Elpenor, certain que cette paix
Vous va donner le bien où tendent vos ſouhaits.

EVRILOCHE.

Mon desir ne vient pas à voftre cognoißance.

CIRCE'.

Vous presumeZ bien peu de ma haute science.

EVRILOCHE.

Elle ne s'eftend pas à cognoiftre nos vœux.

CIRCE'.

Ie sçay pourtant le voftre, & vay vous rendre heu-
    reux,
Ne vous oppoſés plus à ce que ie deſire.

EVRILOCHE.

Quoy vous me prometteZ le bonheur où i'aspire
A ces conditions que ne ferois-ie pas?

CIRCE'.

Elpenor vous voyeZ que l'on vous tend les bras.

ELPENOR.

A moy Madame.

EVRI;

EVRILOCHE.

A vous.

ELPENOR.

Circé frappe Elpenor de sa verge.

      O secours fauorable!
Le char me suit.

Ah! Princesse.Grands Dieux!surprise espouuentable!
Est-ce mon ennemy que ie viens d'embrasser?

CIRCE' à Phaëtuse.

Vous excusez vn coup dont il peut s'offenser.

ELPENOR.

Ah! Madame,ah! Princesse,est-ce ainsi qu'on me ioüe?

PHAETVSE.

Ma sœur a quelque tort,mon Prince ie l'aduoüe
Mais puisque mon repos naist de ce qu'elle a fait,
Si vous m'aymez monstrez vn front plus satisfait,
Ie demande encor plus à vostre obeissance,
Il faut en l'embrassant oublier son offense,
Et le mettre en estat en luy donnant ma sœur,
De ne plus trauerser nostre commun bonheur.

ELPENOR

Ie vous obeiray,quoy qu'auec repugnance.

N

Fasse le iuste Ciel, que cette obeissance
En destournant les maux, qui nous sont preparez,
Assure le repos que vous en esperez.

Ie ne m'oppose plus à l'heur qu'on vous destine
Leucosie est à vous, & sans qu'on examine
Qui de nous a failly contre nostre amitié.
D'vn cœur qui fut à vous ie vous rends la moitié.

Daignent les Dieux tesmoins si la vostre m'est chere,
Punir qui de nous deux l'offrira moins sincere.

EVRILOCHE.

La vostre m'est bien chere & c'est trop de bonheur
D'en estraindre les nœuds par l'hymen de sa sœur,
De moy pourtant de biens que pouuez-vous attendre?

CIRCE'.

à Euriloche.   à Phaëtuse.

Ie puis vous acquitter. Ouy, ie m'offre à vous rendre
(Maintenant qu'Elpenor deuenu vostre espoux
Peut partager les soins de l'estat auec vous)
Le glorieux fardeau de la toute puissance
Dont i'ay par vostre adueu soulagé vostre enfance.

EVRILOCHE.

La Reine s'accordant si bien à mes souhaits
N'a pas mal penetré dans les vœux que i'ay faits
Pour rendre de tout poinct ma fortune accomplie.

Me voyant sur le poinct d'obtenir Leucosie
Il ne me manquoit plus, que de voir vostre espoux
Elpenor, partager la couronne auec vous.

PHAETVSE.

Ie hayrois le bien que cet hymen me donne
Si la sœur sur nous reposant la couronne,
Changeoit vn seul moment la forme de l'estat.
Phaëtuse est trop iuste, & luy n'est pas ingrat.

SCENE X.

LEVCOSIE, CIRCE', PHAETVSE.

LEVCOSIE.

Madame, Vlisse vient.

CIRCE'.

Cette heureuse nouuelle
Pour reuoir ce heros au Palais me rappelle.

N ij

PHAETVSE.

Nous vous suiuons.

CIRCE.

Allons. Puiße par ce retour
Ma flame prendre part au bonheur de ce iour.
Vous en auez beaucoup dans ce bonheur extreme.

LEVCOSIE.

Comment?

CIRCE.

Vous l'apprendrez du Prince qui vous ayme.

SCENE XI.

LEVCOSIE, EVRILOCHE.

EVRILOCHE bas.

Tout me perd, & ie suis pour comble de douleur
Forcé de careßer & rire à mon malheur.
Vliße est de retour, l'auez-vous veu Princeße?

LEVCOSIE.

Ie l'ay veu resolu de retourner en Grece,
Emmener s'il se peut Elpenor auec luy,
Echapper à la Reyne.

EVRILOCHE.

Et partir.

LEVCOSIE.

Auiourd'huy

Perimede est allé donner ordre à sa fuite.

EVRILOCHE.

Que de biens produira vostre sage conduite!
Hé comment enuers vous pourray-ie m'acquitter?

LEVCOSIE.

En faisant vos efforts pour ne nous pas quiter.

EVRILOCHE.

Quoy qu'il puisse arriuer si malgré son adresse
Pour chasser Elpenor il faut que ie vous laisse:
Ie reuiendray bientost establir dans ces lieux
Vn bonheur à passer tous les plaisirs des Dieux.

LEVCOSIE.

Ce glorieux espoir adoucira ma peine.
Mais quel est ce bonheur dont me parloit la Reine,
Ie brusle de l'apprendre.

EVRILOCHE.

Ah! Princesse vsons mieux
Qu'en friuoles discours d'vn temps si precieux.
De l'air que l'entreprise entre nous est conceuë
La perte d'vn moment en ruine l'issuë
Amusez vostre sœur, & sans perdre vn moment
Sur le vaißeau ie vays engager son amant.
Aßuré de le rendre auec mon artifice
Malgré luy compagnon de la fuite d'Vliße.
Ainsi vostre secours fauorable en ce iour
Va faire triompher ma gloire, & mon amour.

Fin du quatriesme acte.

ACTE V.

SCENE PREMIERE.

CIRCE', MELANTE.

La scene
est dans
vne forte-
resse.

CIRCE'.

Ve fait mon fugitif?

MELANTE.

En Vliße, Madame
Il attend son malheur, & cette grandeur d'ame
Le fait voir dans ses fers, dans cette affreuse tour
Plus qu'il ne fut iamais digne de vostre amour.

CIRCE'.

Digne de mon amour, qu'il a si mal traitée?

D'y pluſtoſt des fureurs d'vne Reyne irritée;
Qui s'abandonnant toute à ſon dernier tranſport
N'a plus que de penſers de vengeance & de mort.
Il me fuyoit l'ingrat, & couroit à ſa femme
Luy vanter le meſpris qu'il a fait de ma flamme,
Et luy contant mes feux, ma honte, & mon malheur,
Dreſſer de mon amour vn trophée à la leur.
Graces aux Dieux, ſa mort preuiendra cette honte,
Si Penelope apprend qu'Vlyſſe me ſurmonte;
Elle apprendra, pleurant ce qu'aura fait ce fer,
Qu'on peut vaincre Circé, mais non en triompher,
Et qu'vne horrible ſuite efface enfin la gloire
De quiconque vſe mal d'vne telle victoire.
Tout ce qu'à de cruel la ialouze fureur,
La rage ſemble doux à ma forte douleur,
Et ie ne trouue point dans toute ma puiſſance
Dequoy perdre l'ingrat au gré de ma vengeance.
Poignard, c'eſt a toy ſeul que ie la veux deuoir,
Fais le venir.

MELANTE.

Vliſſe, où ſera ton eſpoir?

SCENE

SCENE II.

CIRCE' seule.

MEs charmes auroient pû faire perir Vlisse;
Ouurir dessous ses pas vn gouffre, vn precipice;
Par la rage des vents deschirer son vaisseau;
L'embraser d'vne foudre, ou l'abismer dans l'eau.
Mais empruntant ce coup de leur pouuoir supreme
Ie le deurois aux Dieux aussi bien que moy mesme.
Et ie veux pour vanger l'affront que ie reçoy,
Qu'il parte des fureurs qui soient toutes àmoy.
La vengeance est vn fruit, qu'il faut veiller soy-
     mesme;
Le gouster, se souler de sa douleur extresme.
Vn debris, vne foudre auroient dans vn moment
Consommé loin de moy tout mon ressentiment.
Ie veux iouyr long-temps de la mort d'vn perfide,
Donner vn long spectacle à ma fureur auide.
Percer de mille coups ce flanc, ce traistre flanc,
Et voir ma main rougir & fumer de son sang.

Ce qu'en vain i'ay tenté pour l'amour d'vne Reine,
Ce poignard l'obtiendra pour le bien de ma hayne;
Ie voulois estre heureuse en gagnant son amour,
Ie le suis encor plus en le priuant du iour,
Esteignant dans son sang le feu qui me deuore
Qui m'oste le repos, & qui me deshonore.

Mais helas! qu'est-ce amour? veus-tu le proteger?
Songe que i'ay l'honneur & toy-mesme à vanger,
Si tu parle pour luy ma fureur sera vaine,
Abandonne mon cœur au transport qui l'entraine;
Qu'il y regne vn moment, tu n'as que trop regné;
Ie le poignarderois s'il l'auoit espargné.

Ie l'apperçoy, l'ingrat, il sçaura qu'vne femme
Peut autant pour sa hayne & plus que pour sa flame.
Il sçaura qu'vn amour qu'on ose dedaigner,
Sçait arracher des cœurs s'il ne peut les gagner.
Il faut mourir.

SCENE III.

VLISSE, CIRCE'.

VLISSE.

FRapez, vous voyez la victime;
Vlisse doit mourir si sa fuite est vn crime.
Ou plustost pour mourir ne le meritant pas
Il suffit que Circé demande son trespas;
Trop heureux, puisqu'il peut en nous donnant sa vie,
Contenter vne fois vos vœux, & son enuie;
Respondre à vos desirs, & s'offrant à vos coups,
Couronner par sa mort ce qu'il a fait pour vous.

CIRCE'.

Ce qu'il a fait pour moy l'ingrat! Hé! quel seruice
Peut apres tant d'affront me reprocher Vlisse?
Est ce qu'ayant pour luy tesmoigné tant d'ardeur
Perdu pour trop l'aymer, gloire, repos, grandeur?
Il me mesprise, il rit de ma perseuerance;

Et quand i'attendois tout de sa recognoissance,
Il se desrobe, il fuit au mespris de sa foy.
Imposteur est-ce là ce qu'il a fait pour moy?

VLISSE.

C'est mal icy le lieu de vanter mes seruices;
Reyne ie doy mourir, & i'en fais mes delices.
Puisque ma mort vous plaist, i'ayme à perdre le iour,
C'est tout ce que i'ay pû donner à vostre amour.

CIRCE'.

Tu mourras, mais auant que de t'oster la vie
Ie veux sçauoir, ingrat, en quoy tu m'as seruie.

VLISSE.

Ces mespris, ces affronts, qui font vostre courroux,
Cette fuite, c'est là ce que i'ay fait pour vous.
Que seroit-ce de vous Reyne, si mon audace
Eust porté mes desirs où vouloit vostre grace;
Vous seriez maintenant la femme d'vn epoux
Qui traistre enuers vn autre eust pû l'estre enuers vous.
Et qui brisant les nœuds d'vn hymen legitime
Eust attiré sur vous la peine de son crime.
Ce sang illustre & plein du Dieu qui l'a presté,
Ce front, où tant de gloire a mis tant de fierté,
Raualant par ce choix vn destin si sublime.

Perdoit tout leur esclat, leur prix, & mon estime.
La fille du Soleil doit viure dans ce lieu
Sans Roy, sans compagnon, ou la femme d'vn Dieu;
Et si de mon orgueil ie n'eusse esté le maistre ;
Vous seriez la moitié d'vn infame, d'vn traistre,
Meslant par vn desordre à mon crime pareil
La race de Siziphe à celle du Soleil.
C'est par moy qu'à ces maux vous estes eschapée.

CIRCE'.

Ah ! Circé.

VLISSE.

    C'est ainsi que ie vous ay trompée.
C'est l'effet des respects qui font vostre courroux.
Par eux seuls ie pouuois m'acquiter enuers vous,
Aussi de quelques vœux dont ma femme m'appelle,
I'ay fuy pour vous Circé, beaucoup plus que pour elle.

CIRCE'.

Rends toy Circé, ton cœur n'a que trop combatu:
Les nobles mouuemens de ta propre vertu;
Pour euiter la honte où mon amour m'engage
Que ne peut-il la vaincre aussi bien que ma rage?
Mais, helas!

VLISSE,

VLISSE.

Enfoncez ce poignard dans mon sein.
Fuir vn coup, qui vous plaist n'estoit pas mon deßein;
Mais ne conceuant point de suplice si rude,
Que de mourir vers vous suspect d'ingratitude,
Ie ne suis pas fasché qu'abandonnant mes iours
Ma voix à mon honneur ait presté ce secours.

CIRCE'.

Ah! c'en est trop. Soleil seconde ma foiblesse,
Heros digne en effet des vœux d'vne deeße,
Plus digne encor des miens, daigne excuser en moy
Ce que par trop d'amour i'ay commis contre toy.
C'est dequoy seulement il faut que ie rougiße;
Sans honte ie pouuois souspirer pour Vliße;
Mais non, quand son deuoir attache ailleurs son sort,
L'arrester, le forcer, & luy donner la mort.
Sors de mes mains, poignard, ma derniere infamie;
Ta vertu le preuient, desarme vne ennemie
Et fait qu'enfin ce cœur laßé de soupirer
S'enfle du noble orgueil qu'elle veut m'inspirer.
C'est par cette vertu qu'à moy mesme renduë
Ie recouure ma gloire où ie l'auois perduë.
De tous les sentimens que i'auois eus pourtoy,
Me retranchant aux seuls qui sont dignes de moy;

Pour ceſſer de l'aymer, ne pouuant m'en defendre
Ie voy bien que i'auray de grands combats à rendre,
Mais ſi dans ma fureur i'ay pû iurer ta mort,
Ie puis bien malgré moy conſentir cet effort,
Qu'vn depart, puiſqu'il faut que mon eſpoir periſſe
Pluſtoſt que que ſon treſpas me ſepare d'Vliſſe.
    Tombez fers trop honteux au plus grand des hu-
       mains,
Perimede, Euriloche ont trahy tes deſſeins.
Mais malgré...

VLISSE.

    Iuſtes Dieux! ils m'ont trahy, Madame,
Eux de qui ie tenois l'ordre de cette trame,
Ie ne m'eſtonne plus ſi vous l'ayant apris,
Auant ſortir du port mon vaiſſeau fut ſurpris.
Retournez ſur leur pas Euriloche & ce traiſtre......

SCENE IV.

LEVCOSIE, CIRCE', VLISSE.

LEVCOSIE.

AH ! ma sœur, Dieux, comment oferay-ie paroiftre ?
Complice par ma faute & ma credule amour
Du crime le plus noir qu'on mit iamais au iour.

CIRCE'.

De quel crime, ma sœur ?

LEVCOSIE.

                              Elpenor, Phaëtufe...
Helas de tous nos maux il faut que ie m'accufe.
I'ay donné des vaiffeaux pour fa fuite. Et Seigneur
Euriloche s'en fert pour enleuer ma sœur.

CIRCE'.

L'enleuer.

                                        VLISSE

à Circé
monftrât
Vliffe.

VLISSE.

Euriloche ô! Dieux.

LEVCOSIE.

          Ce traiſtre à peine.
Vit que pour obeir aux ordres de la Reyne,
Toute la Cour en foule accouroit ſur vos pas;
Et laiſſoit le Palais ſans garde, & ſans ſoldats;
Que Perimede & luy forment cette entrepriſe.
Le deſordre, le temps, le lieu les fauoriſe.
* Vn bruit confus meſlé de douleur & d'effroy*
Du quartier de ma ſœur arriué iuſqu'à moy,
M'appelle au lieu d'où vient vn trouble ſi funeſte ;
I'y cours; Dieux que ne puis-ie oublier ce qui reſte ?
A trauers quelques morts Elpenor tout ſanglant
Marchant auec ardeur, mais d'vn pas chancellant,
Et tirant de ſa playe vn poignard; à ce traiſtre
Princeſſe (crie-il) en me voyant paroiſtre ;
Là tombant, quand il voit qu'on le veut ſecourir,
Abandonnez ce ſoin (dit-il) il faut mourir,
Ma vie eſt dans les mains d'vn traiſtre, d'vn infame,
Si vous voulez m'ayder courez apres mon ame,
Le perfide Euriloche enleue voſtre ſœur.
* Que deuins-ie à ces mots? iugez de ma douleur.*
Dans l'ardeur de punir ſa noire perfidie

VLISSE,

Laiſſant à d'autre ſoins cette mourante vie,
I'implore du ſecours dans ce preſſant beſoin
I'en trouue ; mais, helas ! Euriloche eſt trop loin.
On le ſuit, mais ſans doute vne telle pourſuite
N'aura ſeruy, ma ſœur, qu'à redoubler ſa fuite.

CIRCE'.

Il a beau fuyr, l'infame, il n'eſchappera pas ;
Pour luy porter par tout vn aſſeuré treſpas.
I'ay les bras aſſez longs, ma ſœur, à la vengeance ;
Ie te ſuis, tu vas voir vn trait de ma puiſſance.

SCENE V.

VLISSE, CIRCE'.

VLISSE.

*Q** Ve ne puis-ie eſperer en ce fatal moment*
La gloire de ſeruir voſtre reſſentiment ?

CIRCE.

Vous le pouuez, allez, où l'honneur vous appelle ;

Ie rens graces aux Dieux que dans cette querelle,
Le soin de nous vanger sert d'vn amusement,
Qui dispose mon ame à cét eloignement.
  Sans cela ie veux bien t'aduoüer ma foiblesse,
Mon cœur, quelque deuoir, quelque honneur qui
  l'en presse,
Ne pourroit se resoudre à perdre pour iamais
Mon..... helas! ie retombe, & crains ce que ie fais,
N'importe malgré moy ie vous rends à la Grece,
Ie vous rends aux desirs d'vne illustre Princesse.
Si iusqu'icy ma flame a retenu vos pas,
Ie fais assez pour elle en ne vous gardant pas.
Adieu.

VLISSE.

  Que cet effort vous va couurir de gloire!
Qu'ainsi tousiours sur vous emportant la victoire,
Vne vertu sans tasche & sans obscuritez,
Monstre en vous dignement le Dieu dont vous sortez,
Et repande par tout des rayons de lumiere
Aussi purs & brillans que ceux de vostre pere.

CIRCE'.

Pars Vlisse, & m'espargne, abandonnant ce lieu,
Ce que souffre mon cœur en te disant adieu.

La Scene est dans vn vaisseau.

SCENE VI.

EVRILOCHE, PHAETVSE.

EVRILOCHE.

O Vy, le voile est leué, Princesse, ie vous ayme;
I'ay feint pour vostre sœur, & mon amour ex-
tresme.
'Auant ce dernier coup pour vous a tout tenté
Et n'a fait cet effort, que dans l'extremité.
Si c'est crime d'auoir trop d'amour, ie l'aduouë,
Mon crime est grand, mais tel qu'Euriloche s'en louë:
Et plus i'offre à mes yeux l'obiet qui m'a charmé,
Et moins ie me repens de l'auoir trop aymé.
Nommez ce rapt, ce meurtre, vn coup illegitime,
Vn horrible attentat, vn effroyable crime;
Ie l'appelle vn secours, vn remede à mon mal;
Vn digne chastiment d'vn indigne riual;
Voila ce grand subiet de reproche & de blasme,
I'ay tué mon Riual, i'ay secouru ma flame;

Et i'ay d'vn mesme coup sur le point de mourir,
Arraché mon remede à qui m'eust fait perir;
Exigiez-vous de moy cette amour foible & basse,
Qui se plaint, souspire, & pleure sa disgrace;
Tel, qu'auroit eu pour vous vn Riual trop heureux,
Si vostre iuste choix eust couronné mes vœux.
I'ayme plus noblement l'illustre Phaëtuse;
I'arracherois aux Dieux le bien qu'on me refuse,
Vous enleuer vous mesme à mon riual, à vous,
Ce n'est qu'aux grands amours à faire de tels coups.

PHAETVSE.

Monstre horrible à mes yeux vante tes infamies;
I'abhorre ton amour plus que tes perfidies:
Cher amant, que ce lasche apres tant de forfaits
Oze encor reprocher à mes iustes souhaits
Quelque part dont ton ame à peine degagée
De ce corps où les Dieux l'auoient si bien logée
Regarde l'attentat d'vn infame voleur,
Monstre toy plus sensible à mon dernier malheur.
Et preuenant l'effort, que mon pere prepare
Arrache ta Princesse aux fureurs d'vn barbare.

EVRILOCHE.

Vous implorez en vain ce pere, & cet amant;
L'vn est mort par l'effort de mon ressentiment;

Et pour l'autre, si c'est l'astre, qui vous esclaire
Il cognoist mon amour, & ce que ie veux faire.
Il sçait que ie vous ayme auec toute l'ardeur
Que peut vne Princesse esperer d'vn grand cœur:
Et que dés que l'hymen ayt calmé vostre haine
Dans vostre isle i'iray vous ramener en Reine,
En chasser qui l'occupe, & vous faire à iamais
Benir ma violence, & tout ce que ie fais.

PHAETVSE.

Toy, me faire benir cette affreuse iournée!

EVRILOCHE.

Vous en parlerez mieux apres nostre hymenée.

PHAETVSE.

Ah! monstre laisse-moy.

EVRILOCHE.

               Donnez des noms plus doux
A celuy qui bientost doit estre vostre espoux.

PHAETVSE.

Mon espoux!

EVRILOCHE.

C'eſt à quoy vous deuez vous reſoudre.

PHAETVSE.

Des mains de Iupiter cours arracher la foudre.
Soleil, & ſi ma mere eut chez toy quelque rang
Monſtre-toy plus ſenſible aux affronts de ton ſang.

EVRILOCHE.

Princeſſe cette erreur fait tort à voſtre gloire,
L'aſtre du iour a peu de part dans voſtre hiſtoire;
& vous auez aſſez de titres glorieux;
Sans en chercher ſi haut, & nous former des Dieux.

PHAETVSE.

Impie, ils vangeront mon honneur & leur gloire.

EVRILOCHE.

I'ay vécu trop long-temps pour auoir lieu d'en croire;
S'il en eſt contre moy, qu'ils arment leur courroux;
Pour moy ie n'en cognoy que mon amour & vous.
I'enferme en ce vaiſſeau toute mon eſperance;
C'eſt mon Ciel, mon Autel, mon thrône & ma puiſſance;
Deuenu pour vous ſeule aſſaſſin & voleur,
Le but de tous les traits que lance le malheur,

VLISSE,

Et le plus digne obiet des flammes du tonnerre;
Bannis de mon pays, & de toute la terre,
Infidelle à mon Prince abandonné de tous,
Ie ne crains rien, Madame, & trouue tout en vous.

PHAETVSE.

Ah! perfide bien loin de regarder ta praye
Auec quelques transports ou d'orgueil, ou de ioye,
Sçache que si pour perdre vn monstre furieux
La terre estoit sans force & l'vniuers sans Dieux.
Et si pour escraser cette coupable teste
Le ciel estoit sans foudre, & la mer sans tempeste.
Ce qu'est aux grands forfaits vn remors obstiné
Ce que font les Bourreaux aux yeux d'vn condamné.
Ce que font aux Enfers, aux criminelles ames
Les roües, les rochers, les vautours, & les flames,
Ie te le seray traistre, & pour mieux dire encor
Tu trouueras en moy le vangeur d'Elpenor;
Tu reuerras, cruel, son ombre en ma presence,
Son amour dans mon cœur, en mes mains sa vegeance;
Dans ma bouche animée vn reproche eternel,
Dedans mes yeux l'horreur qu'on a d'vn criminel,
Et dans toute mon ame vne hayne immortelle
Pour vn voleur, vn lasche, vn meurtrier, vn rebelle.

EVRI;

EVRILOCHE.

Portez, encor plus loin ces transports furieux;
Ces cœurs, ces belles mains, cette bouche & ces yeux
Que vous taschés de rendre vn subiet de ma hayne,
Le seront de ma ioye, & non pas de ma peine
Dans la possession de ma diuinité....

SCENE VII.

PERIMEDE, EVRILOCHE, PHAETVSE.

PERIMEDE.

SEigneur, le Ciel se trouble, & son obscurité
Fauorise vn vaisseau qui semble nous poursuiure.

EVRILOCHE.

A quelques traits amy que mon amour me liure,
Ie ne puis me resoudre à perdre vn bien si cher.

PHAETVSE s'en allant.

O! Dieux.

Q

PERIMEDE.

Sauuez, là donc, on vient vous l'arracher.

EVRILOCHE

Amys qu'on se dispose au combat qui s'apreste
Contre nos ennemis & contre la tempeste.

SCENE VIII.

IVPITER au milieu des Dieux descend du Ciel assis
sur vne grosse nuée.

LE SOLEIL à mesme temps paroist d'vn costé du theatre dans vne nuë.

IVPITER.

DV trosne où ie m'assis dans le plus haut des Cieux,
D'où ie puis commãder les hommes & les Dieux,
Ie descends iusqu'à toy pour ouyr ta priere.
Mon fils, parle.

LE SOLEIL.

Asseuré des bontez de mon pere

Ie parle, & quoy qu'inftruit que fes foins paternels
Toufiours auec regret perdent les criminels,
Plein d'vne genereufe, & iufte confiance,
Deffus ces mefmes foins ie prens trop d'affeurance
Pour croire, qu'oubliant ma naiffance & mon rang
Il neglige vn moment la gloire de mon fang;
Vous cognoiffeZ l'affront, & cet œil adorable
Comme fur l'innocent ouuert fur le coupable,
Voit vn fier rauiffeur foüiller impunement
De fes noirs attentats l'vn & l'autre element,
Quelle bonté coupable enuers voftre iuftice
Sur ce grand criminel balance le fuplice;
La foudre eft inutile en vos puiffantes mains,
Si vous ne puniffeZ celuy dont ie me plains:
De ce monftre odieux purgeZ la terre & l'onde,
Et faites par ce coup iuftice à tout le monde;
Que fi cet intereft vous touche foiblement
PreneZ tous les tranfports de mon reffentiment;
Ou foüffreZ pour le moins qu'vn pere miferable
Retire fes clarteZ de deffus vn coupable,
Et d'vn foudain eclipfe expliquant fon malheur
Inuite tout le monde à vanger fa douleur.

IVPITER.

Ta priere eft trop iufte, & ie me plains moy-mefme
D'auoir efté trop lent à vanger ce que i'ayme,

Q ij

Non qu'il faille imputer ma resolution
A des motifs de hayne ou de compassion,
Ma iustice punit sans nulle violence;
Libre des passions, qui forment la vengeance,
Elle agit d'elle mesme, & d'vn esprit esgal
Repand sur l'vniuers & le bien & le mal,
Et de ces deux effets que ma puissance enuoye;
I'en laisse aux seuls mortels, & le trouble & la ioye;
C'est leur seul interest que ie dois escouter;
C'est comme il faut agir, si tu veux m'imiter:
Nostre bonheur, mon fils & tout ce que nous sommes
Ne depend des vertus ny des crimes des hommes,
Et quand ie doy punir vn meurtrier, vn voleur
Ie veux vanger la terre, & non pas ta douleur.
C'est pour vn bien commun qu'vn Dieu vange vn
　　outrage;
Et quand ma main s'apreste à briser son ouurage,
Ie me sers de ces bruits, qui precedent mes coups
Pour instruire la terre à craindre mon courroux.

LE SOLEIL

Soit pour son interest, ou celuy de ma fille
Vangez sans plus tarder l'honneur de ma famille;
Voyez-le cet infame, auec quels longs efforts
Il veut forcer mon sang à ses lasches transports;
Voyez d'vne autre part sur vn char qui s'auance

Leucosie & Circé, qui pressent leur vengeance.
Ie la leur ay promise.

IVPITER.

Il faut te contenter,
Ma iustice y consent. Toy sans plus t'arrester
Du tribut eternel de ta clarté feconde
Va, mon fils, enrichir l'autre moité du monde.

SCENE IX.

CIRCE', LEVCOSIE dans vn char volant.

CIRCE'.

CEs orages soudains & ces bruits estonnants
Ces vents impetueux, ces esclairs surprenans
Du Dieu iuste & vangeur annoncent la venuë.
Tombe foudre en ses mains trop long-temps retenuë,
Tombe à la voix du sang, qu'vn traistre a sçeu verser,
Tombe aux cris d'vne sœur, qu'vn traistre veut
forcer.

LEVCOSIE.

Tombe aux iuftes douleurs d'vne amante abufée.
Mais la perte du traiftre eft bien plus mal aifée,
Il eft defia fi loin qu'il efchape à mes yeux.

CIRCE'.

Il ne peut efchaper aux vengeances des Dieux.

Le ruif-
feau d'Eu-
riloche
paroift
dans l'e-
floigne-
ment.

LEVCOSIE.

Mais que ne nous font-ils iouyr de fon fuplice!
S'il perit loin de nous, qu'importe, qu'il periffe
L'outrage refte entier au cœur & fur le front,
Si l'on ne voit perir celuy qui fait l'affront.
Ceux que nous receuons font de telle nature,
Que le Soleil trop lent à vanger noftre iniure,
Quoy qu'il nous ayt promis femble la negliger,
Il faut fauuer ma fœur, autant que me vanger;
Le temps preffe; acheuons cette illuftre vengeance;
Si fur cet element s'eftend voftre puiffance;
Dans ces lieux efleuez, dans le milieu des airs
Dont les Dieux en courroux foudroyent l'vniuers;
De ces noires vapeurs formez-vous vn tonnerre;
La terre preffe au Ciel dequoy punir la terre.
Vous feul... Mais quels feux s'allument dans la nuit!
Quel trouble! quel efclat! quel defordre! quel bruit!

SCENE X.

IVPITER fortant du Ciel affis fur fon aigle & lançant la
foudre fur le vaiffeau d'Eutiloche s'adreffant à
Circé & à Leucofie.

Nimphes voicy le coup qui vous fera iuftice
Vous pouuez maintenant iouyr de fon fuplice.

Scene-
tournaat.

SCENE XI.

LEVCOSIE, CIRCE'.

LEVCOSIE.

Vels feux ! quels feux de ioye en cet embrafement ?
Mais quelle peur fuccede à mon reffentiment ?
Grand Dieu : fauuez ma fœur.

CIRCE'.

> Ah ! ce penſer ie tremble :
Quelle vengeance ? ô Dieux ! s'ils periſſent enſemble.
Mais qui peut la ſauuer de la flame ou de l'eau.

LEVCOSIE.

Dieux qu'eſt-ce que ie voy ? Quel ſpectacle nouueau ?

CIRCE'.

O ! prodige inoüy, ſi mon œil ne m'abuſe,
Ie voy ſur vn Dauphin triompher Phaëtuſe.

LEVCOSIE.

Ouy, ouy, c'eſt elle meſme, allons la receuoir.

CIRCE'.

Phaëtuſe eſt-ce vous ?

SCENE DERNIERE.

PHAETVSE, CIRCE', LEVCOSIE.

PHAETVSE.

Vous puis-je encor reuoir?
Vous voyez par quels soins les Dieux m'ont protegée,
Il est mort l'execrable & ta fille est vangée,
Soleil, si ton secours auoit esté moins prompt
Vne honte eternelle alloit rougir mon front.
Ny l'horreur du forfait, ny la peur du suplice,
Ny son vaisseau suiuy par le vaisseau d'Vlisse,
Ny la fureur des flots ne pouuoit arrester
Ce lasche, dont la rage osoit tout attenter,
Pour mettre ses desseins & son espoir en poudre
Il n'en falloit pas moins que l'esclat d'vne foudre,
Aux furieux transports d'vn lasche rauisseur
Elle seule pouuoit arracher mon honneur.
C'est par là que les Dieux ont conserué ma gloire,
Mais par vn autre soin qu'à peine on pourra croire,

R

Sur le poinct que là foudre embraze le vaisseau
Au poinct qu'il va perir & s'abismer dans l'eau,
Ce Dauphin s'offre à moy si proche du nauffrage,
Et me sauue du feu, des flots & de l'orage.

CIRCE'.

Allons de tant de soins rendre graces aux Dieux,
Toy prens place en mon char, & sortons de ces lieux.

PHAETVSE au Dauphin.

Va, mon liberateur, ainsi puisse ta vie
Des monstres de la mer euiter la furie.

CIRCE'.

Mes sœurs puisque le sort nous oste nos amants
Reprenons toutes trois nos premiers sentimens,
Pour affranchir nos cœurs de ces malheurs extremes
Viuons sans passions, & Reynes de nous-mesmes.

PHAETVSE.

Puis qu'Elpenor est mort, nul ne peut dignement
Apres vn tel heros se dire mon amant

LEVCOSIE.

Moy, qui presumois trop d'vn traistre & d'vn coupable
Ie hay son sexe autant qu'il me parut aymable.

FIN.

Fautes importantes de l'impression.

P.24. v.16. blesse, lisez belle : p.25.v.7. desseins, lisez destins : p 30. v. 3. puisque on, lisez ou puisque : p.33.v.3. nos, lisez vos:p 49.v.9. pretend, lisez prétent:p.50.v.9 iettent, lisez iettez:p.60.v.1.surprise, lisez entreprise:f.64.v.13 douleur forte, lisez trop forte: p. 71.v.1.nous, lisez vous:p 84.ccunert, lisez concerté:p.86.v.13.voeux,lis.yeux. p.87.v.5. iettrans,lis.i'attrans:p.91.v.17.suis,lis finis:p.59 v.5.si la sœur, lis. si la Reyne. p.105.v.6 que moy-mesme,lis.qu'à moy-mesme,v.9 veiller,lis.cueillir.v.7.douleur,lis.douceur.p. 107.v 5 nous,lis.vous, p.117.v.4.soupire,lis.qui soupire.

www.ingramcontent.com/pod-product-compliance
Ingram Content Group UK Ltd.
Pitfield, Milton Keynes, MK11 3LW, UK
UKHW020211130726
13696UKWH00002B/848